集英社オレンジ文庫

ベアトリス、お前は廃墟の鍵を持つ王女

仲村つばき

本書は書き下ろしです。

ベアトリス、お前は廃墟の鍵を持つ王女

Contents

ベアトリス、お前は廃墟の鍵を持つ王女

プロローグ

その塔は、「廃墟の塔」と呼ばれていた。

一年のほとんどが冷たい雪に閉ざされるイルバスの、さらに最果てにあり、凍《い》てつく土地にぽつんと建った、灰色の塔だった。

痩《や》せた己《おのれ》の体をかき抱きながら、少年はその塔にたどり着いた。

春はあたたかいが、時に慈悲はない。

(ここに、いらっしゃるはずだ)

彼は視線をさまよわせた。頼りない足取りの、濡れ鼠《ねずみ》のような子どもはすぐに衛兵に見つかった。少年は彼らに名をたずねられたが、寒さのあまり歯の根が合わず、空虚な息が漏《も》れるだけだった。

「子どもといえ油断するな。捕らえて尋問《じんもん》せよ――」

兵のひとりが厳しい顔つきでそう言うと、凛《りん》とした声が響く。

「待ちなさい。震えているじゃないの」

黄金の川のような、ゆるくうねる金色の髪、鮮やかな新緑の瞳。灰色の空と冷たい雪が支配するイルバスで、まぶしいほどの輝きであった。太陽の色を宿した少女である。

「あなた、名前は？」

その塔に住む、美しい王女――ベアトリス・ベルトラム・イルバスはそうたずねた。雪崩《なだれ》に呑み込まれ、失いかけたちっぽけな命を守るために廃墟の塔を目指したのは、彼女がここにいるからだった。

いずれ女王になることを約束された、祝福の王女、ベアトリス。

彼女の視線を受け、少年は導かれるようにして声をあげた。

「ギャレット……」

それが自分の名だった。ギャレット。名もない職人の家に生まれた。

しかしこのリルベクはイルバス随一《ずいいつ》の工業都市であり、一生をリルベクで過ごすならば、職人はどこかの地方貴族よりも良い暮らしができるとされていた。

豊かな暮らしを求めて、ギャレットたち親子はリルベクに移住してきたばかりだった。

貧乏だった親子は少しずつ人並みの生活を取り戻すため、必死に働いた。父は毎日のように工場へ通い、母は下働きをしながら、染め物を習った。

父を送り出し、母の仕事を手伝いながら、ギャレットはこの街に感謝した。学校へ行けることが決まったのである。教会で読み書きを学べる。貧しい家庭に生まれた彼にとっては、夢のような出来事であった。間違いなく、ギャレットにとって……彼の両親にとって、大きな一歩であった。

まさか、まぶしいほどの希望が、信じがたい絶望に変わろうとは。

——ギャレット。染め物に必要な材料がなくなってしまったわ。たくさん注文をいただいたのに、どうしましょう。お客さまは、急ぐと言っていたのよ——。あの花は山でしか採《と》れないのに……。

あわてふためく母をなだめ、工場から帰ってきた父と共に三人で山へ入った。このところ大雪続きであったが、今日は運良く晴れて、簡単に目的の物は見つかるはずであった。山の奥地に咲くその花は、潰《つぶ》すと鮮やかなピンク色や赤色になり、まだらに染まるその色合いすら美しい。ハンカチや飾り布は女性に人気の品になる。

そこに親子の誤算があった。

自分たちはリルベクにやってきたばかりの、無知なよそ者であるということを……完全に失念していたのである。

春のあたたかな気候が固まっていた雪を溶かし、危険だということが想像できなかった。大波のような雪に呑まれ、もがきながら地上に這《は》い出たとき、いつのまにかギャレットはひとりぼっちになっていた。寒さで、いまにも体は凍り付きそうだった。

両親を掘り起こそうにも、埋まっている場所の見当がつかない。

助けを呼ばなくては。ギャレットは、とっくに乾ききった声で、叫びだした。

誰も、いない。声は嗄《か》れ、涙が頬《ほお》を伝う。白い魔物が両親を呑み込んでしまった。誰も助けられない――。

そう、誰も……。

にじむ視界が、廃墟の塔をとらえた。

王女が住むにはふさわしくない名の、あの灰色の塔だ。

ギャレットは、がむしゃらに走り出した。雪に足を取られ、いつのまにか靴をなくし、指先の感覚はなくなってゆく。それでも彼は止まるわけにはいかなかった。

噂《うわさ》どおり、ベアトリスはそこにいた。

彼女がベアトリスだとすぐにわかったのは、ベルトラム王家に伝わる金色の髪と緑の瞳という特徴を持ち合わせていたからだ。生命力にあふれた新緑の瞳は好奇心を伴い、ギャレットをとらえて離さなかった。

なんとか言葉をしぼり出そうとするギャレットの背を、ベアトリスはさすった。

「雪崩が」

それだけ言うと、彼女は顔色を変えた。

「よく無事だったわね。住まいは？　どこから来たの？」

「リルベク……」

ふもとの村の名前を震える声で告げると、ギャレットはついに立っていられなくなり、その場にくずおれてしまった。

「大変。誰かこの子を暖炉のそばへ。温かいスープと湯を用意してやって」

そう――父は、ベルトラム王家の庇護《ひご》を信じてリルベクへ向かったのだ。

廃墟の塔のベアトリス王女は、職人を大事に守ってくださる。なにかあれば、この塔の門を叩くのだ。ベルトラム王家の使命にしたがい、彼女は国民を見捨てることはない。

父は繰り返し、ギャレットにそう言い聞かせた。想像の中のベアトリス姫は、背が高く、つんと澄ました顔立ちで、たいそう立派な大人であった。だが実際の彼女は、まだ自分と年も変わらぬ少女で、そして、抗《あらが》いがたいほど魅力的な王女だった。

救われる。彼女の瞳に自分の姿がうつった瞬間、そう思った。

心身ともに限界だったこのときのギャレットには、ベアトリスが神が遣《つか》わせた天使のように思えたのかもしれない。

彼はベアトリスにすがりついた。

「両親が、雪崩に」

「捜索隊をすぐに向かわせます」

「俺も……」

「無理よ、そんな体じゃ」

彼女の言う通り、ギャレットは寒さと疲労でがくがくと震えていた。

「あなたのことは、私が守ります。おばあさまが残してくださったリルベクは、私の土地。私の土地に住む国民は、私の宝なのですから」

彼は暖かい塔の中に運び込まれた。濡れた服を脱がされ、代わりに新しい衣服と毛布が彼の体を包んだ。暖炉の前に倒れ込んだギャレットは、もうろうとしながら静かに爆ぜる薪《まき》を、火の力強さを感じていた。

「彼を私の家族だと思って、世話をしてあげてちょうだい」

ベアトリスの命《めい》に侍女《じじょ》たちはうなずき、包帯や湯を運び込んでくる。

冷たくこわばった指先が、彼女たちの手によりゆっくりとほぐされてゆく。

ギャレットの頭を膝《ひざ》に乗せ、ベアトリスは彼の濡れた前髪をかき上げた。

「あなたの髪は見事なまでに漆黒《しっこく》なのね。まるで黒鳥のよう。瞳の色もきれいだわ」

自分の黒い髪を特に気にしたことはなかったが、金髪のベアトリスにとっては珍しいようであった。ギャレットの瞳は、冬の泉のような灰色がかった青をしている。

陰気な色合いだと、ギャレットは常々思っていた。

(俺よりずっと……王女さまの方が、きれいなのに)

彼女が自分の瞳をのぞき込むと、波打つ金色の髪が、頬に触れる。

ギャレットが見上げた姫君は、いつくしむようにほほえんでいたのだった。

第一章

イルバス北部最大の街、リルベク。

この土地の冬は長く、厳しい。灰色の空の下、吹雪《ふぶき》が悲鳴をあげるようにうなる。動物たちは巣穴に籠《こ》もり、冷酷な冬の王の許しを乞《こ》う。

土地は荒廃し、痩《や》せ細った人々が少ない食糧や薪《まき》を取り合う日々。

「廃墟の塔」はそんな彼らが生き残るための、貴重な収入源であった。リルベクの民《たみ》の多くは長らく虜囚《りょしゅう》の見張りを生業《なりわい》としていたのだ。罪人を閉じ込めるための塔、「廃墟の塔」の管理者として、村人たちは国からその恩給を受け取っていた。

忘れ去られた、貧しい北の町。

しかし、状況はある日を境に一変する。

今からさかのぼること、六十年前。敵国との激戦の末、当時女王であったアデールが、この地において勝利をもたらしたのである。

食べ物や薬の調達など叶《かな》わない、極貧の土地。雪は敵の銃口を塞《ふさ》ぎ、自慢の装備はたちまち役立たずの荷物となる。己《おのれ》の指先すらも見えなくなるような白一色の景色は、敵の士気をくじけさせた。

アデール自身が、革命の際に廃墟の塔に閉じ込められ、ただ厳しい冬をながめて無為な時間を過ごしてきた。決戦の地をここに選んだのは、彼女自身の経験でその苛酷《かこく》さが身に染《し》みていたからだろう。運命に翻弄《ほんろう》された女王の、己の過去に対する復讐である。

女王は国民の支持を集め、イルバスに平和な世をもたらした。

以降、リルベクには多くの工場が作られ、工業都市として飛躍的に発展。女王にもっとも忠誠を誓う国民が根を張り、アデール亡き後も、各家庭に彼女の肖像画が飾られている。

金色の髪に鮮やかな新緑の瞳。柔らかく儚《はかな》げでありながら、芯の通った強さもしのばせる、イルバスの女王――。

「アデール様の孫にあたられ、このリルベクの統治を任されたベアトリス様には、期待がかけられています」

「またその話なの、ギャレット」

肖像画とうりふたつの見た目をしたベアトリスは、うんざりとしている。

「今日こそは、使者のお相手をしてくださるとおっしゃいましたよね？」

「そうね。たった今思い出したのだけれど、そうだったかもしれないわ」

ベアトリスはのらりくらりと言う。今日も彼女は新しい商材が届けられるなり、嬉々《きき》として街へ下りていった。

織布機械や製鉄工場、機械人形にいたるまで。もの作りに関する女王の興味は尽きることはない。

「一国の女王があっちにふらふら、こっちにふらふら。前代未聞《みもん》だ。たまには王宮におでましにならないと、顔すら忘れられてしまう」

「忘れてくださって結構よ。みなさん表面上は取り繕《つくろ》っていらっしゃるけど、私のことを変わり者と思っているのだから」

「それは、『竈《かまど》の構造を見直したいから』とパーティーの誘いを断ったり、噴水の設計図を徹夜で写しているうちに、大事なお約束をすっぽかされたりするからだ」

熱心なベアトリスを慕《した》う職人たちは多いが、王宮に集まる貴族たちは彼女のことを理解しがたいようである。

「必要な議会には出席しています」

「最低限ね」

「そう、最低限は」

「俺の立場を一度でも考えてくださったこと、ありますか？」

淡々とたずねるギャレットの顔には、疲労の色が浮かんでいる。

塔の中で、ベアトリスの兄であるアルバートの使者を相手に、ギャレットは気を揉《も》み通しだったようだ。

「あなたには悪いと思っているのよ、ギャレット」

それが彼女の口癖《くちぐせ》だった。

栄養不足で、自分よりもうんと年下の子どものようだったギャレットは、その後すくすくと育ち、ベアトリスの背をとっくに追い越してしまっていた。

鴉《からす》のような漆黒《しっこく》の髪に、灰色がかった青の双眸《そうぼう》。黒いコートを羽織り廃墟の塔を闊歩《かっぽ》する彼は、闇《やみ》からの使者のようである。

ギャレットに氷のような目でにらまれると、さすがのベアトリスも一度は言葉を呑み込まざるをえない。

八年前、雪崩《なだれ》の事故で孤児になった彼を、ベアトリスは従者として手元に置いた。文字を教え、数学を教え、外国語やダンスの手ほどきもしてやった。ストーブやアイスクリーム製造機の作り方まで教えてやったというのに。

ギャレットは頭の回転が速く、なんでもよく覚えた。少し教えすぎてしまったかもしれないと思うほどだ。

彼のお小言を聞かされるたび、ほんのちょっぴり拾ったことを後悔する。

（あのときは、青い瞳がとても澄んでいてきれいに思えたというのに。今や私をにらむ青い炎になってしまったわ）

幼いギャレットは戻ってこない。ベアトリスは過ぎた年月を惜しんだ。

「かわいらしかったのにね、あなた」

「聞いていらっしゃいますか、俺の話を」

「もちろんよ、私のギャレット。でも、ここで使者を待たせても、昔ほど文句は言われないはずよ。私が隅から隅まで、快適になるように改装させたのだから」

現在、廃墟の塔は罪人を閉じ込めるための塔ではない。ベアトリスの住まいとして改築され、暖房器具や湯沸かし器などが運び込まれた。地下の調理場では毎日温かいパンが焼かれ、工房ではお針子たちがせっせと女王のマントを縫っている。

ベアトリスはリルベクだけではなく、自《みずか》らが統治する北部地帯全域を本格的な工業地帯とするため、王都を離れ、あえて厳しい土地に腰を据えることにしたのだ。

廃墟の塔からリルベクの街を見下ろし、毎日橇《そり》を使って街へ足を運ぶ。冬季用の地下通路も掘り、物資の行き来も昔よりはずっと良くなった。

道が凍結すれば食糧のひとつも手に入らない。そんな時代は今は昔。ベアトリスがベルをひとつ鳴らせば、使用人たちがわらわらと現れ、次々に必要な物を届けてくれる。

温かい紅茶も、焼きたてのパンも、熊の皮の上着も、乗馬用のブーツも。

「王宮の人からすればリルベクで暮らすなんて正気の沙汰とは思えないんでしょうが、私にとってはなにをするにも監視される王宮で暮らす方が、ありえないことなのよ」

「王女であらせられたときには、それでもよかったはず。ですがベアトリス様は先月戴冠《たいかん》式をお済ませになった。あまりにも王宮から離れすぎては、国務に支障が出ると――」

「手紙のやりとりはしているじゃないの。それに『王』なら王宮にいるわ」

「この国の王はアルバート様、ベアトリス様、そして二年後に戴冠を迎えられるサミュエル様。三人が王位に就《つ》かれる決まりだ」

ギャレットが半ば責めるようにそう言うと、ベアトリスは肩をすくめてみせた。

「本当に生意気になったわね。すべて考えての上のことよ」

「日に日に催促が多くなっている。ベアトリス様を、国王陛下《へいか》は首を長くして待っておられます」

「あなたにはわからないわよ。三人きょうだいであることがどんなに厄介か。私が兄と弟のどちらにつくかによって、すべての風向きが変わってしまう。このベルトラム王家を存続させてくれたおばあさまには感謝しているけれど、共同統治の難しさには参ってしまうわ」

イルバスという国の王のあり方は、他国に比べれば異質である。

王が三人。王家の血統を継ぐ全員が王位を継承し、国を統治するというのだから。

姉妹で熾烈《しれつ》な争いを繰り広げた祖母アデール女王は、遺言《ゆいごん》を残した。ベルトラム王家の子どもたちは、共同して国を治めること。

きょうだいの人数が多ければ多いほど、国の統治は複雑化する。ベアトリスの従姉妹《いとこ》であるカミラ王女はそんな有様に辟易《へきえき》して、自ら継承権を返上してしまった。そして外国の大使との熱烈な恋に燃え上がり、一年中旅行ざんまいである。

現在王となるのはベアトリスの兄アルバートと、この廃墟の塔に住むベアトリス。そして二年後には成人となり即位する弟のサミュエルが加わり、三人となる。

イルバスが戴《いただ》く光りかがやく三つの王冠、それは祝福となるのか……それとも。

「カミラは、王冠を手にする権利がありながらそれを拒絶した。お兄さまも私の動きが予測できずに、焦《じ》れておいでなのね」

カミラは王位を返上する代わりにアルバートから離宮《りきゅう》をひとつもらい、たまにイルバスで過ごすさいは大勢の召使いに囲まれ、穏やかに暮らしている。

争い事を好まないカミラは、成人するずっと前から、王になどなりたくないとさんざん泣き言を漏《も》らしていた。ただきれいなドレスを身につけて、お芝居や音楽を楽しんで、いずれは誰かと結婚して――。昔の王女ならばそれで許されたはずなのに、と嘆《なげ》く彼女。

王という責務はカミラにはあまりにも重すぎた。ベアトリスの助言もあり、彼女はそうそうに王位を放棄することを決めていたのだった。

「ベアトリス様も、王位を返上なさらないのですか？」

ギャレットの質問に、ベアトリスは曖昧《あいまい》に笑った。

たしかに、女王という重責をのがれ、好きなだけもの作りができたらどんなに気楽だろう。背中に大きな翼が生えたような気分になるかもしれない。

だが、ベアトリスは自らその翼を捨てたのだ。

「何度か考えたこともあるわ。でも……おじいさまとの約束なの」

……ベアトリス。お前は「廃墟の鍵」を持つ王女だ。

亡き祖父から手渡された、古ぼけた小さな鍵。それがベアトリスの宝物だった。

祖父の遺言により、ベアトリスはリルベクをはじめとする北部の土地を譲り渡された。

この決定に、家臣たちは反対したという。王の風格を備えたアルバート、もしくはもっとも王妃の寵愛《ちょうあい》を受けたサミュエル、どちらかに北部を任せる方が賢明ではないかと。

国の最も重要な工業都市を、中間子の女子に預けることの意味。

「私たちは、いずれ争うことになる」

ベアトリスはカーテンをまくり上げ、景色をながめた。

残酷なまでに美しく、まぶしいまでの白。

それが血に染まる歴史は、この百年以内に一度おとずれているのだ。次がないと、誰が言い切れる。

「身内で傷つけ合うのが、一番救いがないわ」

口にしてもなお、彼女は理解している。人は愚かな過《あやま》ちを繰り返す。イルバスをはじめとする大陸の国々……その歴史のなかで、親子や兄弟同士の争いは数え切れない。同じ親から生まれ、同じものを食べて、同じ時を過ごしても、人はいとも簡単に憎み合う。

兄弟仲良く……なんて。そんな子どものような幻想。

「人が人であるかぎり、争いは避けられない。たとえそれが血を分けたきょうだい同士だったとしても」

「ベアトリス様」

「兄は血に飢え、弟は狡猾《こうかつ》な子。だから私は、『何も成せない中間子』でなくてはならない。ベルトラム王家の均衡《きんこう》を保ち、正しく維持するために」

それが中間子の役目。ベアトリスは、幼い頃からそれを意識し続けてきた。

三つの王冠を、どれかひとつでも玉座《ぎょくざ》から取り落とさないようにするために。

「──私は嵐となる。ベルトラムの中心に留《とど》まり続け、きょうだいの争いを吹き飛ばしてしまうの。春の嵐のように大きな風を起こし、みなの関心を内から外へ向けていく」

ひとたびこの鍵を、国内の争いで使うことになれば、リルベクは再び廃墟となる。

築き上げてきた繁栄を損《そこな》うことはできない。平和な世は、国家のなによりの財産だ。

「かつては廃墟と呼ばれたこの街がこうして活気づいたのは、国民たちひとりひとりのたゆまぬ努力のおかげ。この土地で生き抜く厳しさを私たちはよくわかっている。ギャレット、そうでしょう」

雪崩の事故で両親を失ったギャレットは、静かにうなずいた。

「私が生まれる前に亡くなったおばあさまのことを尊敬しているし、私にリルベクを託してくださったおじいさまを愛しているわ。だからこそ、兄と弟のどちらにも与《くみ》することはできないの」

ベアトリスが王宮にその身を置かないのも、彼らが起こす波風に巻き込まれないようにするためだ。

女王となっても重要な行事や会議がなければ王宮へは出向かないし、よけいな社交は一切しない。

ベアトリスが信頼し、そばに置くのはこのギャレットと廃墟の塔で働く者たちだけ。

「……それは、わかりますが……」

「お兄さまもサミュエルも、愛しているからこそ距離を置くのよ。私の大切な者同士が争うのは見ていられないわ」

ギャレットの手にする書簡。兄の顔が思い浮かぶようだ。これから使者には気の毒な思いをしてもらわなくてはなるまい。

「その書簡。水路工事と西部地域の統治権の委譲《いじょう》についての再考ってところでしょう」

「よくわかりましたね」

「お兄さまがせっついてくるのだから、そんなところよ。いいわ、返事を書く。水路工事には賛成するけれど、西部地域の統治権はうつせないわ。サミュエルが継ぐはずの土地よ。今それを奪い取るようなまねをすれば、のちのち禍根《かこん》を残すもの」

ギャレットが書き物机の前にベアトリスを座らせ、羽根ペンとインク壺を用意する。

隙《すき》のない、等間隔に揃《そろ》えられた文字。息を詰めて記されたかのような、神経質な筆致《ひっち》。彼女の本質が、わずかに顔を出す。ギャレットは眉を寄せた。

「やはり直接お会いしてお伝えになった方がよろしいのでは」

「王宮へ行けば、ふりかかる問題はこれだけじゃないわ。また私の周りに人が少ないとか、秘密主義だとか、色々なことをお兄さまやサミュエルから口うるさく言われてしまう。お兄さまの使者にはなにか新しいお土産《みやげ》でも持たせてさしあげましょう。そうだ、果物と砂糖を入れたら簡単にジャムができる機械を今試作中なのよ。あれはどうかしら」

「ベアトリス様。あまりにも奇抜な贈り物は……」

「大丈夫。能天気な子だと思われた方が、都合がいいから」

「わざとそうしているのなら、俺もこれ以上の発言は控えます」

ギャレットはそう言うと、きびすを返した。引き続き兄の使者の相手をしてくれるのだろう。

ベアトリスはため息をつく。

「あなたには、悪いと思っているのよ……ギャレット」

いつも肌身離さずドレスの下に身につけている鍵を引っ張り出し、ベアトリスはそれを大切に握りしめた。

兄や弟には言えない……この鍵がなんなのか。

殺戮《さつりく》をもたらす兵器の数々が眠りにつく、絶望と静寂《せいじゃく》の地下施設。

多くの戦争のための道具がおさめられている、世にも恐ろしい場所へとつながる扉の鍵などとは。

――ベアトリス、お前は廃墟の鍵を持つ王女。

この国の運命を変えるほどの大いなる力が、リルベクの地下に眠っている。

お前の兄と弟はいずれ争いをもたらすだろう。かつての王女たちがそうなったように。

ふたりをまとめ、足並みを揃えさせて。そしてこの隠し財産をけして渡さぬように。

きょうだいの中で唯一《ゆいいつ》の女の子。お前にしかできない、これを守っていけるのは。

祖父の、まだらな苔《こけ》色の思慮《しりょ》深い瞳を思い出す。

ベアトリスは彼が好きだった。優秀で、判断を誤らず、でもいつでもどこか一歩引いたように国をながめていた。アデール女王の王配、彼女を玉座へ導いた男。

「これを使わずに役目を終えるのが、女王のつとめなの」

＊

王宮に、ベアトリスの手紙と共にジャム製造機が届けられた。

青のサロン。青灰《せいかい》の壁紙と絨毯《じゅうたん》、見上げるほどの大きな窓には、グレーの光沢《こうたく》がなめらかなカーテン。アルバートが即位した後、彼専用の会議室としてしつらえた部屋である。

共同統治制度となってから、それぞれの王はおのおのが懇意《こんい》にする貴族たちやご意見番同士で集まり、陣営内で一度足並みを揃えてから正式な「会議の間」で意見をとりかわすことになっていた。

アルバート派――そう、今やすっかりきょうだいを支援する者はばらばらになり、派閥《はばつ》となってしまった――の貴族たちは、謁見《えっけん》の後は青のサロンに集まるのがお決まりであった。

お兄さまへ。隙がなく、慎重に整った筆致。女王となった今でも、臆病な性格は抜けていない。

そして、自己韜晦《じことうかい》をする癖《くせ》もぬかりない。

血がつながった兄だからこそわかる。この手紙は、上澄みのような優しさを塗っただけ。はがしてみれば、つれない返事であった。

「兄弟仲良く国を治めるように。よく言ったものだ。見事に派閥を作り上げ、水面下では足の引っ張り合い」

低く、よく通る声。うたうようになめらかに、今の体制を皮肉る。

「トリス、相変わらず兄の顔も見たくないと申すか」

机を蹴飛《けと》ばし、歯の隙間から荒い息を漏らすと、使者は肩をふるわせた。

太陽のような明るい金色の髪の合間からのぞく緑色の瞳は、怒りに燃えたぎっている。

ベルトラムの血筋をあますことなく引き継いだ第一子、アルバート・ベルトラム・イルバス。三きょうだいの中で一番気性が荒く、勝負ごとが好きで、そしてここぞというときの運に恵まれた王である。

戴冠式を終えたそうそうに兵を率いて内紛をおさめに向かったアルバートは、吹雪の中、無謀にも先陣を切って反乱軍へ突っ込んだ。

王冠をかぶったばかりの若き国王だと知った民《たみ》は、いっせいに彼へと銃口を向けたが、にわかな荒天により雪が舞い上がり、天地の区別もつかないほどの地吹雪《じふぶき》となった。敵がいる方角も、味方の居場所も——己の体が本当に存在しているのかすらもわからなくなる。

浮き足立った反乱軍たちはその動揺を衝《つ》かれ、隊列を崩される。

アルバートの暗い緑の瞳には、すべてが正しく見えているかのようだった。

その力任せの剣技で敵をねじふせ、血みどろになり地を駆ける。

祖母の代より、ベルトラムの血は雪を味方につける。彼は難なく反乱軍に勝利した。

華々しいスタートを切ったアルバートは、期待の第一子。三人のきょうだいの中で、一番に王となった。

そのため、いささか言動が不遜《ふそん》かつ尊大であり、たびたび周囲を困惑させた。

机を蹴り倒しただけでは飽き足らず、うなり声をあげながら、先ほどまで手におさまっていたワイングラスを床にたたきつける。

側近たちは、さっとジャム製造機を取り上げた。傷がついていないか、壊れた部品はないかを目視で確認し、ひとまず王の目につかぬよう、後方の台座に置いた。

アルバートがお気に召さないといえども、ベアトリスからの贈り物だ。破損するわけにはいかない。

使者は叩頭《こうとう》したまま、がたがたと背を震わせた。

「申し訳ございません。どうしても王宮へお連れするようにとのご命令でしたのに」

「無能は貴様で三人目だ」

アルバートは手紙を握りつぶす。会いに行けない非礼を詫びる手紙だったが、実際のところ兄や弟に会いたい気持ちなど、彼女にはひとつもないことはわかっていた。

何度も使いをやった。重要な議題がのぼる会議、父の命日、アルバートの誕生日にいたるまで。そのたびに丁寧《ていねい》な詫びの手紙と、とぼけた「研究の成果」が届く。

「王宮にアルバート陛下がいらっしゃるので、ベアトリス女王陛下も安心しておられるのでしょう」

とりなすように一番の側近である、ウィル・ガーディナー公爵が言う。

彼の発言はおべっかではなく本心だ。ウィルは嘘がつけず、ときに周囲が震え上がるほど率直な発言をすることもある。

ただ、その裏表のなさが魅力だ。

アルバートは嘘や世辞を嫌う。何にでも正直なウィルだからこそ、アルバートは彼をいつでも重用してきた。

「こんなことがずっと続くようでは我慢がならない」

「一時的なものであるかもしれません。アルバート陛下が幼い頃からベアトリス陛下を追い回しておいでなので、少し距離を置きたいと思っておられるだけでは。気が済まれたらきっと王宮に戻ってくださるでしょう」

さっそく口から飛び出した発言に、場の空気が冷え込む。

「おい、お前のそれは慰《なぐさ》めているつもりなのか？」

「そのつもりですが」

「クソが」

アルバートは舌打ちをすると、ウィルの眼前に書簡をつきつける。

「トリスがそばにいなければ『俺の』政務に支障が出る。国璽《こくじ》はベアトリスの持つものも重ねて押さなければならぬ。そうでなくては議案のひとつも可決できない決まりだ。見ろ、領地に関しては国璽が押されていない。これはまだ『保留』だ。そうとしかできない」

アルバートはくちびるをかんだ。

だからこそ、ベアトリスを王城に連れ戻し、政務の補佐をさせたいのだ。

ベアトリスのいる北部地方リルベクまで馬を走らせて書簡のやりとりをするのは、あまりにも時間の無駄だ。使者に重要な書簡を持たせて厳しい道のりを走らせるという危険もある。今はまだ大した事案があるわけでもないが、万が一、道中使者が敵に襲われ、書簡を盗み取られぬとも限らない——。

敵は外国のスパイだけではない。身内にも、ひっそりと息をひそめている。

脳裏によぎるのは、まだあどけない弟の顔。サミュエル・ベルトラム・イルバス。幼稚で狡猾な第三子。今も天使のようなそのかんばせを利用して、暗躍する薄気味悪い弟。

「トリスを手元から離している間に、サミュエルの陣営に彼女を奪われるのだけは避けねばなるまい。俺の玉座を盤石《ばんじゃく》とするためにも」

きょうだいが三人いれば、必ずもめる。

三人のうちのふたりが結託すれば、残るひとりは追い落とされてしまう。

長子と末子が反目すれば、中間子の取り合いになる。

ベアトリスは女だ。立場上、男よりも利用されやすい。考えていることはアルバートもサミュエルも大差ない。

アルバートは、ゆっくりと部屋を歩き回った。考え事をするときにじっとしていられないのが彼の癖だ。彼の背を覆《おお》う青いマント。金糸《きんし》でベルトラムの家紋が縫い取られた、王にのみ着用をゆるされた品だ。

マントルピースの上に置かれた石の花が、その青いゆらめきの色を反射させる。

「なんとかしてトリスを俺の手元に置きたい」

「もう一度強くご命令なさってみては。さすがのベアトリス陛下といえども、年上の国王の言うことは無視できないでしょう」

「あいつは無視する。国璽があるからな。俺と立場は同じだ。一応、手紙で詫びくらいは入れておいて、いかにも自分が非常識な人間であると言わんばかりにその奇天烈《きてれつ》な機械を送ってよこす。『兄はいたってまとも、妹は変人です、ごめんなさい』と。俺の体面を傷つけないために。だが全部計算ずくだ」

アルバートは吐き捨てた。

ベアトリスは昔から、兄と弟の間に挟まれ、彼らの目を常に意識していた。

学ぶときも、遊ぶときも。常に兄を立て、弟に譲り、自分は気に留められない程度の権利を守ってきた。

アルバートは彼女を、誰よりもかわいがってきた。将来、自分の仕事を手伝わせるために。様子が変わってきたのは、弟が生まれてからだ。ふたりきり、支え合うはずだった兄妹。いつのまにか妹を取り合う兄と弟という図式になりかわっていた。

彼女はそのとき、己が置かれた立場を自覚したのだ。

「おとなしく手元におさまってくれる妹ではなくなってしまった」

油断ならない妹。従姉妹姫のカミラが夫と共に海外へ旅立ち、めったにイルバスによりつかないようにしむけたのも彼女の仕業《しわざ》である。

どれだけ自分の陣営にベルトラムの血族を取り込むか。それがアルバートの大きな関心事のひとつだった。妹と従姉妹のカミラが自分についてくれるなら、敵対する弟・サミュエルとの決着はいとも簡単につく。カミラに早々に結婚を申し込んでいれば良かったのだが、ごたごたしている間に機を逃してしまった。

彼は舌打ちをして、ジャム製造機を顎《あご》でしめした。

「ウィル。何味がいい」

ウィルは「と、申しますと」と続けた。

ようやくアルバートの興味が、忘れられかけていたジャム製造機に向いたようである。

「妹が作った発明品だ。兄である俺が使ってやらなくてどうする」

先ほどまで自分が蹴り倒そうとしていた事実はすっかり忘れ、アルバートは言った。

「陛下のお好みの味になさっては」

「お前、大して面白くもない返事をするな。きっぱり何味か決めてみろ」

「個人的には、オレンジが好きです」

「却下だ。お前の好きな味で試運転するわけにはいかない」

ウィルは不服そうな顔で「そうですか」と返事をした。

この場にいる誰もが、ならばなぜ聞いたのだろうと思ったが、口には出さない。みな自分の身がかわいいのである。

アルバートは青の間を、ゆっくりと練り歩く。

「黒すぐりだろうなぁ。それともイチゴか？　サミュエルへの贈り物はなかったのか」

使者はすくみあがって答えた。

「はい。アルバート様だけです」

それを聞いて、少しばかりアルバートは溜飲《りゅういん》を下げたようだった。

家臣のひとりが、さらりと答える。

「木イチゴ味がよろしいでしょう。陛下の好物です」

「もっともだ。そして木イチゴはサミュエルの苦手な食べ物だ。なかなかに気が利《き》く答えだ。――ウィル」

「は」

「お前も王杖《おうじょう》なら、俺の満足のする回答くらい言い当ててみろ。今でこそ王杖がお前だけだからいいが、あとの二席が埋まるのは時間の問題だ。俺の王杖が、他の王の王杖よりも劣るようなことはあってはならない」

王の側近は王杖と呼ばれ、国事の多くを王の代わりに執行することができる。イルバスでは公爵位を得るものがそれにあたる。

ウィルは男盛りの二十七歳だった。がっしりとした体つき、短く刈り込んだ赤い髪と、精悍《せいかん》な顔立ち。探り合いや交渉事などは得意ではないが、戦場ではこれ以上ないほど優秀な戦士であった。国の軍事の最たるところを託せ、有事があれば背中を任せられる信頼できる部下。これを失うのは惜しいが……。

(本当にほしいものを手に入れるためなら、今ある最上のものを手放すのもやむをえない)

それだけの投資だ、とアルバートは思う。

「王杖を持たない王など、剣を持たない戦士と同じ。特に女王は王杖と結婚する先例ができあがりつつある。トリスが王杖を持たないのは、問題だと思わないか？　ウィル」

「ええ。そろそろベアトリス様には真剣に将来について考えていただかなくてはならないでしょう。イルバスのためにも」

ウィルなら、大抵の女ならば断らないだろう。栄達を極め、まだ若く、見目も良い。真《ま》面目《じめ》で、女性関係で浮き名を流したこともなく、身内にするには人柄も申し分ない。

「ウィル。ベアトリスと結婚しろ」

アルバートの言葉に、ウィルは目を白黒させた。

「……俺ですか」

「どうした、好いている女でもいるのか。それともベアトリスでは不満か」

「とんでもない。ただ、俺はアルバート陛下の王杖です。他の王のもとへ行くのは気が進みません」

「お前が『ベアトリス様には真剣に将来を考えていただかなくては』と言ったんだろう。舌の根も乾かぬうちにどういうことだ」

「俺が申し上げたのは、ベアトリス様ご自身でそのお相手を、そろそろ探していただいたほうが良いという意味です」

アルバートはあきれ返ったようなため息をついた。

「なんだそのやる気のない返事は。だいたいこういうときは、俺がトリスの王杖の話をした時点で察して自分から提案しろ。甘すぎるんだよお前は。頭にジャムが詰まっているのか？　わざわざ機械なんぞ使わなくとも、お前の脳みそをほじくれば甘ったるいオレンジのジャムがでろでろ出てくるんだろう、なあ」

「陛下」

ウィルは困ったような顔をする。

「妹の結婚相手を用意してやるのも、兄のつとめだ。お前だって人並みに経験はあるだろう。うまいことトリスをものにしろ」

「陛下のようにとっかえひっかえ女のもとを渡り歩くような経験はないので、俺につとまるかは自信がありませんが。ご命令ということならば……」

「トリスは、警戒心が強い。こういったことに慣れきっていない男の方が良い。それから俺を節操なしのように言うな。俺は付き合いがいいだけだ」

ともかく、とアルバートは言葉を切った。

「あの妹を御《ぎょ》してくれる、頼りがいのある王配が必要だ。もちろん俺の陣営から。トリスの国璽は、お前が代わりに押せばいい」

アルバートは舌なめずりをした。

弟に後《おく》れをとってなるものか。

女は奪うものだ。それがたとえ妹であっても、己の力になるのなら。

アデール女王の肖像画の前で、アルバートは恭《うやうや》しく頭を下げる。

「親愛なるお祖母《ばあ》様。俺がベルトラムの尊き子であることを、ごらんにいれましょう」

賢王と呼ばれた祖母、アデール。彼女も王位をめぐって、姉妹で熾烈《しれつ》な争いを繰り広げたと聞く。姉たちをその体の内に秘めた嵐で呑み込み、彼女は傾きかけていたベルトラム朝を一代で立て直した。

「——俺は、すべてを呑み込む嵐になる。ベルトラムの頂点で、下のきょうだいたちを呑み込むような大きな嵐にな」

アルバートには野望があった。

（次に賢王と呼ばれるのは俺だ）

父の代は、取り立てて大きな国難もなければ、大きな事績もなかった。

アデール女王の王配エタンが政治の重要なところで糸を引き、子どもたちが道を誤りそうになれば、さりげなく軌道修正していたおかげでもある。

祖父母世代が儚《はかな》くなってしまうと、イルバスの国民はひそかに嘆息《たんそく》を漏らした。

どんな小さなほころびでも、いつかは大穴が開かないとも限らない。

（そこをサミュエルにつつかれてはたまらない）

三人のきょうだい、共同統治とはいえ、年齢でリードしているのは自分なのだ。北部の工業都市はぜひとも手中に置きたい。そのためにはベアトリスの同意が必要だ。

「俺はお祖母様のことは尊敬しているが、共同統治には反対だ。一番優れた王が国を治めればいいだけのこと。きょうだい同士ぬるま湯に浸《つ》かり、上っ面《つら》の仲良しごっこをすることに意味があるとは思わない。トリスは黙って俺に従っていれば楽だし、サミュエルも下手《た》な野心を抱かずに済む。これが一番、ベルトラム朝を長続きさせることにつながるはずだ」

側近たちは、もっとものようにうなずいた。

ほどなくして、召使いたちがジャムの材料を載《の》せた台車を押してやってきた。銀の盆にたっぷりと盛られた木イチゴの山。アルバートはひとつぶ口に放り込んだ。甘酸っぱい。サミュエルは酸味が苦手なのだ。木イチゴは、サミュエルが嫌っているという理由だけで、アルバートの好きな食べ物のひとつに位《くらい》があがった。

ジャム製造機に木イチゴが、たっぷりの白砂糖と共に放り込まれてゆく。蓋をしてしばらくしたが、なにも起こらない。

アルバートはたずねた。

「おい。これは手動なのか」

「そのようです」

説明書きをなめるように読む使者の顎を殴《なぐ》りつける。

「国王陛下。サミュエル王子殿下に動きがございました。廃墟の塔へ向かわれたとのことですが」

「念押しとご機嫌伺《うかが》いだろう。トリスが己の不利になる書類に国璽を押していないか、たしかめるための」

アルバートは自ら廃墟の塔をたずねるつもりはない。王たるもの、そうたやすく他の王のために持ち場を離れるものではないと心得ているからだ。

「次こそは、トリスを王宮へ。兄妹でたっぷりめかしこんで、ふたりが揃った絵でも描かせようではないか。もちろん、サミュエルは省いてな。おい、そこのお前。無能の尻拭《しりぬぐ》いはうまいジャムを作ることで許してやる。さっさとその役立たずの手を動かせ」

立場のある年かさの男が、けんめいにジャムを作ろうと、おっかなびっくり機械をあつかう姿は滑稽《こっけい》である。

アルバートは大声で笑い、妹の了解を得ていないにもかかわらず、画家たちを呼び寄せる手はずを整えさせた。

＊

薄曇りの空だった。

ベアトリスは、まっすぐに続く廊下を歩いていた。イルバス王宮の、石の花が咲き乱れる中庭へと続く道のり。

（懐《なつ》かしい夢を見ている）

心のすみで、ベアトリスはそう思った。記憶をつなぎ合わせた眠りの世界で、「これは夢だ」と告げる自分に出くわすことは、よくあることだ。

よく磨かれた窓ガラスにうつるベアトリスは、幼い顔をしている。年の頃は十をほんの少し過ぎた程度。彼女の右手には、あたたかく、小さな手がおさまっている。弟のサミュエルだ。苔《こけ》色の、まだらの緑色の瞳であどけなくベアトリスを見上げてくる。

祖父ゆずりのこの瞳に、ベアトリスはいつも甘くなってしまう。

ほんのわずかしか一緒にいられなかった祖父の代わりに、神が遣《つか》わしたのがこの天使のようなサミュエルだった。

たまたまこの世代のベルトラムの子どもたちは揃《そろ》って金色の髪と緑色の瞳をしていたが、ベルトラム王朝自体、とくに血族結婚を繰り返していたわけではない。過去には銀髪や赤い髪の姫君もいたと聞く。兄のアルバートとベアトリスは、ベルトラム家の人間らしい特徴をそっくりそのまま受け継いだのだった。

末っ子のサミュエルは、兄姉よりもほんの少し毛色が違っていた。顔のつくりはふたりによく似ていたが、薄闇《うすやみ》でしっとりと包み込むような、不思議な雰囲気をまとっていた。おそらく、あやうげなその瞳のせいだろう。

(サミュエルの瞳が、うらやましかった。あの頃は)

私のサミュエル——ギャレットと出会う前は彼をそう呼んで、ベアトリスはよくサミュエルを膝《ひざ》の上に乗せてやった。

まだ七歳のサミュエルは、外遊びがしたくて仕方がない。うずうずとはやる足を、姉に合わせて懸命に押しとどめている。

「お兄さま」

一歩先を行く背中に声をかけると、アルバートは振り返らずに「なんだ」と返事をした。

「サミュエルに剣のお稽古《けいこ》をつけられる前に、少し庭で遊びましょうよ」

「遊ぶのは稽古の後だ。ただでさえサミュエルはしょっちゅう熱を出して、鍛錬ができていない。体を鍛えれば倒れることもなくなるはずだ」

「でも、午後になったら雪が降ってくるかもしれないもの」

「雪にひるんではイルバスの王はつとまらない。豪雪になっても負けじと外で遊べばいい」

サミュエルはあわれっぽく言った。

「兄さまは、いつも僕に意地悪を言う。雪がたくさん降ったら、風邪《かぜ》をひいてしまいます」

「雪程度で風邪をひくなら、成人する際には継承権を返上するんだな。俺の王朝に足手まといはいらない」

「姉さま」

サミュエルがベアトリスのドレスを引っ張る。

「石の庭は、今日みたいに冷え切った晴れの日が一番きれいよ、お兄さま。教える側だってすごく疲れるのだと、ベルニ伯爵夫人が言っていらしたわ」

ベルニ伯爵夫人はきょうだいの家庭教師のひとりだった。女性としてはめずらしく政治や歴史について幅広い知識を持つ。

「それで?」

「お兄さまにも休息が必要、という意味よ。それにお兄さまだけの王朝ではない。きょうだいで助け合わなくちゃ」

「カミラもね!」

サミュエルが付け加える。

ベアトリスより二つ年上の従姉妹《いとこ》姫、カミラは「この寒い日に外へ出るなんて」と、暖炉の前から動かなかった。正しい判断と言えよう。

カミラは外遊びよりも、外国の大使が持ってきた最新のドレスや化粧道具に興味津々《しんしん》なのだ。

「ほんの少しの間だけだぞ」

アルバートが折れて、三人は中庭へ足を伸ばした。寒さの厳しいイルバスで、鮮やかな花々を咲かせることはむずかしい。庭で愛《め》でるのは、石でできた花の彫刻だ。サミュエルをだしに使ったが、ベアトリスも中庭は気に入っていた。

あずまやのベンチにどかりと腰を下ろし、アルバートはふてくされたように言う。

「何度見たって別に変わることはないのに。ここの花は生きてはいないのだから」

「お兄さまは、生きている花のほうがお好き?」

「当たり前だ。花とはいえ生き物だから、反応があるだろう」

「反応……」

「ぱっときれいに咲いたかと思えば、しぼんだり、乾いたり、枯れて腐り落ちたりする。それこそが生き物というものだ」

石など見ても面白くない、と彼は言う。

アルバートは、「今」相手がなにを思っているのかが大事なのだ。だから見える範囲に、気に入る者を置きたがる。彼の周囲はお気に入りだらけだ。友人や世話係、彫刻や絵画でうるさいまでの私室。いつも賑《にぎ》やかで、静かに楽しむということを知らない。

ただ、離れてゆく者も多い。正確にはアルバートが追い出してしまうのだが。

彼にとっては、枯れて腐り落ちた……ということになるのだろうか。

少しでも彼の不興を買った者は、翌日には席がない。血のつながったきょうだい以外は。

「乾いたり、枯れたり……ね。それぞれの色の違いや、匂《にお》いを楽しんだりなさらないところが、お兄さまらしいといえばらしいわね」

「生き物の真価は苦境のさなかにある。追い詰められたときにとる行動が、もっともその生き物をよく表す」

――それは、先だっての事件のことを言っているのかしら。

ベアトリスは物思いにふけった。

税収の見直しをめぐって、現在ふたりの王は争っている。ベアトリスの父は労働者層からの税金の徴収《ちょうしゅう》を反対。対してカミラの母――ベアトリスの叔母《おば》は、増税もやむなしという判断だった。イルバスの国庫にはまだ余裕があったが、これから本格的な冬を迎えるまでに、地方で物資の備蓄の準備をさせなければならない。

物資の備蓄量は地方ごとに極端に偏《かたよ》っていた。ある地方には、春まで村人たちが満腹になれるほどの蓄えもあり、新年の祝い事にケーキまで焼くことができそうだったが、とある地方にはその日の寒さをしのぐための薪《まき》すら怪《あや》しいありさまである。

今年の寒波の到来は例年よりも早く、国王たちは早急に手を打たなくてはならなかった。イルバスで、餓死・凍死はもっともみじめな死とされている。

ひとりでも国民を危機から救うために、富める者たちは身を削らなくてはならなくなる。

「まさかあんなことになるとは思わなかったわね」

サミュエルは、無邪気に庭に敷き詰められた小さな石を集めている。ときおり緑や青みがかった石が転がっているのが面白いのだ。ベアトリスも昔は、かたわらのアルバートと同じ遊びをした。

ふたりの王がもめている間に、貧しい地方では王政への不満をつのらせていた。イルバスの王政は、安定しない傾向にある。

結果、父――国王が地方へ足を運んだ際に馬車が襲われ、右腕に怪我《けが》を負った。カミラの母はすっかり恐ろしくなり、娘と共に王宮に閉じ込もるようになった。

賢王が玉座《ぎょくざ》についている間はいいが、そうでなくなれば各地に不満が噴出する。アデール女王が死んで、もうかなりの年月が経《た》つ。ほころび始める頃合いだった。

「王宮の中で安穏と暮らしているうちは、外の世界など見えないものだ。――それに、あれが本当に民《たみ》のしわざであったのかも、俺は怪しいと思ってる」

「……え？」

「敵は、そうやすやすと姿を現したりしない。この共同統治、一見平和的に見えるが実のところは問題だらけだ。利権や責任が分散し、貴族たちにうまみが少ない。以前のイルバスを知る老獪《ろうかい》な者たちにとっては、つまらぬものだろうよ」

民のうしろに、彼らをたきつけた特権階級がいる――。

たしかに、父は特権階級の恩給を削ろうとしていた。だが……。

（誰が敵か、わからない。それが王宮）

その笑顔はかりそめか、本物か。その心くばりは信じられるのか、それとも。

最も信頼できる人間でさえ、心の奥底までは誰にもわからない。

「トリス」

ベアトリスをその名で呼ぶのは、アルバートだけだった。両親も、親しい友人ですらもベアトリスをトリスとは呼ばない。サミュエルが生まれるまではたったふたりの兄妹だった。サミュエルは体が弱かったので、同じ王宮で暮らし始めたのはごく最近のこと。

生まれつき病弱な弟に、母の関心は集中した。さみしがっていたベアトリスのために、アルバートが彼女の面倒をよく見るようになった。ときには女官の仕事を奪ってまで。

長子であった彼は、王位を継ぐということを、誰よりも意識してきた。

自分の仕事を手伝わせる妹は、自分の手で育てたかったのだ。

ベアトリスは、たまに錯覚することがある。自分は兄の所有物のようだと。アルバートの権力をたしかなものにし、彼の手に導かれ踊る、操り人形。ベアトリスは、もうすぐ少女期を終える。兄の優しさの裏に、なにかがあるのではないかと気づき始めている。

彼は厳しい顔つきで言った。

「叔母上《おばうえ》派の人間と、うかうかと付き合うな。もうすぐ王宮内に俺のサロンが完成する。お前が会話していいのは、そこに集まる人間だけだ。信頼に足る人物を、俺が集めてきてやる」

――それは、果たしていいことなのかしら。

なんのための共同統治……。枯れることのない石の花をぼんやりと見つめながら、ベアトリスは思う。

「それなら私も、お兄さまの味方を作りたいわ」

「……お前には、将来的に十分その役目を果たしてもらえるだろう」

「それって、どういう……」

「見て！　姉さま。同じ色の石を三つ見つけました」

　白い石の一部が削れて、エメラルドグリーンに輝いている。庭の風景が単調に見えないように混ぜられた色石だったが、きれいなまだらに見えているものは、たしかに見渡してもそう転がっていないようだった。

　サミュエルはきらきらとしたものが好きで、母親の宝石箱などもよくこっそり開いては、手に取ってながめている。石探しは寒さを忘れるほど楽しかったようだ。

「僕が見つけたから、一番大きいのは僕」

　手のひらの中の一番大きい石を握りしめようとするサミュエル。アルバートは、その石を取り上げた。

「あ！」

「こういうのは初めに、一番年上の俺に、『兄さま、どれがよろしいですか』とたずねるのが礼儀だ」

「僕の石なのに。兄さまが取った」

「あげたくないなら最初から見せびらかすな。自慢をする行為そのものが卑《いや》しく、人としての品格を下げる」

「お兄さま、なにも石くらいで……」

「トリス。お前が甘やかすから、こいつはいつもつけあがる」

泣きだすサミュエルをなだめ、残ったふたつのうち、一番きれいな石を差し出してやる。

「あなたの小さな手には、これも立派な宝石よ。それに最初に石を見つけてきたのはサミュエルだもの、一番えらい子はサミュエルよ」

ベアトリスになぐさめられ、サミュエルは機嫌を取り戻した。もう石ころを喜ぶような年齢でもなかったが、サミュエルの手前、残った小さくて不格好なものをコートのポケットにしまう。

アルバートはぐずるサミュエルをぞんざいに抱き上げた。

「トリス」

サミュエルから取り上げた大きな石を、ベアトリスの手のひらに乗せる。

弟は、兄の腕の中で目をぱちぱちさせてたずねた。

「姉さまにさしあげるの？」

「そうだ。トリスは女の子なんだから、剣の稽古も必要ないし、きれいな石を拾ったら、自慢せずに差し出すことだ」

「ずるい。稽古もしなくていいし、なにもしなくてもきれいな石をもらえるなんて」

「なにもしないのではない。……女には、人生を賭《と》した大仕事があるのだ」

そう──だからお兄さまは私のことを、トリスと呼ぶのだ。

誰よりも親しい家族は自分だと、私を縛り付けるために……。


「ベアトリス様。ベアトリス様！」

遠くから、名前を呼ぶ声がする。

ベアトリスは緩慢《かんまん》に目を開けた。いつもの天井だ。天蓋《てんがい》つきのベッドの、淡いベージュのうっすらとした影。

聞き覚えのある声は、自分の従者のものだろう。さすがに異性の従者は寝室までは入ってこられない。ドアの前で名を呼ぶのが精一杯だ。

「どうしたの。ギャレットが騒いでいるようだけれど」

控えている侍女《じじょ》にたずねると、彼女は淡々と答えた。

「次はサミュエル様のようで」

「そう。飽きずに使者をよこしてきたのね。まあ、いつも通り待たせておいて。私にも都合というものがあります。着替えをしたり、食事をしたり……ああ、そうそう、造船所の様子も見に行かなくちゃ。悪いけど今日は遠出するつもりよ」

ベアトリスの予定を聞くなり、侍女たちはてきぱきと動き始める。外出用のドレス、分厚いマントと雪道でもすべりにくいブーツ。最近職人を集めたばかりの造船所へ顔を出すなら、ベアトリスは彼らを督励《とくれい》するために手土産《てみやげ》を必ず持つ。厨房《ちゅうぼう》へつながる呼び鈴が四度鳴らされるとき、それは菓子の詰め合わせを女王が所望《しょもう》しているときだ。呼び鈴がけたたましく鳴り、ベアトリスの前に薔薇《ばら》水《すい》の洗面器が差し出された。

「ベアトリス様、使者ではありません。サミュエル様ご本人がいらっしゃっています」

扉の向こうから響くギャレットの声。

思わず洗面器の中でむせそうになったベアトリスは、顔を上げた。

したたり落ちるしずくを、侍女たちがあわてて拭《ふ》き取る。

「なんですって？」

「先触れの手紙もなく。できるだけ早く来てください。俺はただでさえサミュエル様に嫌われている。間が持たない」

「私のギャレットにしては、めずらしく弱気ではないの」

「その『私のギャレット』もやめてください。一番お怒りになる台詞《せりふ》だ」

支度を終え、入室を許せば、ギャレットはげんなりとしていた。クラヴァットが曲がっているし、なんだか髪もぼさぼさしている。

「直してあげて」

ベアトリスが指示すると、侍女たちは彼を椅子に座らせ、あっという間に紳士にしたて直してしまった。薔薇の香りのクリームで髪をもみ込まれ、ギャレットは露骨に嫌そうな顔をする。

「こういうのは、女っぽくて嫌なのですが」

「女の部屋で世話をされるのだから、女っぽくなるのは当たり前です。どこで誰となにをしてきたの?」

「誤解されるような物言いはやめてください。サミュエルさまの犬です。大きな……」

「ああ、アン。大きいでしょう。かわいくて好きよ。ここまで連れてきたのね」

真っ白な体毛に覆《おお》われた大型犬アンは、ベアトリスがサミュエルの誕生日に贈ったものである。廃墟の塔へ住まいを移すさい、サミュエルがさみしがらないようにと。

「ジャケットが毛だらけよ、ギャレット」

ベアトリス自らブラシを手に取り、からかうように彼の肩をなでる。忌々《いまいま》しそうにため息をついたギャレットは、ブラシを彼女から取り上げて、ジャケットを脱いだ。

「ベアトリス様を、俺に取られたと思っているんです」

「あの子はいつまでも子どもっぽいのですから、許してあげて」

ギャレットは片眉を上げた。

甘いと言いたいのだろう。サミュエルももう十六歳。すでに小さな子どもだったときはとっくに過ぎているのだから。

「姉さま‼」

きゅんきゅんという犬の鳴き声と共に、らせん階段をかけのぼってくる音がする。待てと言っても待たない。愛らしい顔でわがままを通す。

「サミュエル。ギャレットが待てと言ったのではないの？」

「だって……。僕、もうずっと同じ場所で待機させられていたんです。飽きてしまいました」

妖精のような妖《あや》しさを持つ美少年、と表現するのがふさわしいのだろうか。

鎖骨《さこつ》のあたりまで伸ばしぎみの金色の髪を、緑のリボンでしばっている。柔らかなクリーム色のタイは、ペリドットの大粒のブローチで留めていた。カフスボタンまで揃《そろ》いの石を身に着け、華やかな装《よそお》いである。

線の細い体で一見女の子にすら見えるが、正真正銘、この国の王子だ。

サミュエル・ベルトラム・イルバス。現在は、イルバスの教育機関や労働者の自立施設の管理を任されている。農学や植物学を好み、学者たちは彼のもとへ集まる。成人すれば西部地域の統治権を与えられ、国璽《こくじ》を持つ。まだ頼りなく見えるが、二年後には国王となる身だ。

「姉さんのいない王宮は、肩身が狭くて」

「嘘ばっかりおっしゃい。大臣たちから、あなたのことはよく報告がありますよ。お兄さまと険悪のようだとね」

サミュエルはむっとしたように答える。

「それは兄さま派の大臣からの報告でしょう。僕の口から、真実を話したい」

「事前に手紙で知らせてくれれば時間をあけておいたのに。それにまだ朝早いわよ。朝食も食べていない。今日の私の予定をすべて台無しにしてしまったのよ、あなたが」

造船所の見学。以前見せてもらった船の設計図。あれがどこまで進んでいるのか……。ベアトリスの最近の関心事のひとつだったというのに。

そんな姉の心も知らず、サミュエルは顔をほころばせる。

「良かった。じゃあ一緒にゆっくり朝食を食べられるね。ぶどうのパンやカップケーキをたくさん持ってきたんだ。それにカミラが贈ってきてくれた、珍しい紅茶の葉もある。ここは女の人が多いでしょう。お茶やお菓子は喜ばれると思って」

悪びれずにそう言うと、サミュエルはその目を細めた。苔のようなまだらの、不思議な緑。姉がこの瞳を好ましく思っているのを知ってか知らずか、彼はいつもベアトリスをじっと見つめてくる。

「僕、姉さまが出ていってしまってからずっと寂《さび》しくて。カミラはお嫁に行ったらたまにしか戻ってこないし、アルバート兄さまは相変わらずなんだ。それに姉さまに、相談したいこともあるし――」

アンが大きな体をベアトリスに寄せてくる。彼女の顎《あご》をなで、毛をすいてやると、ベアトリスは「いいわ」と言った。

「食事にしましょう。あなたの相談とやらを、詳しく聞くわ」

サミュエルは、ベアトリスのかたわらに立つギャレットをひとにらみする。

お前はまだいるのか、と言わんばかりの視線だ。

「食事って、僕と姉さまだけだよね、もちろん」

「残念ながら廃墟の塔は王宮ほど部屋数が多いわけではないのよ。食事はできるだけ大人数でまとめていたします。ここへ来たからには、ここのルールに従ってもらうわ」

「ええ」

抗議の声をあげるサミュエルに、「勝手に来たのは誰なの」と言えば、むくれてみせる。

「何人で来たの。まさかあなたとアンだけではないでしょう」

「今日はお忍びだから。護衛が数人と……あとは、姉さまに紹介したい者がいて。それが相談って、ことなんだけど」

長くなりそうだった。ベアトリスはギャレットを呼び、ゲストを先に席に案内するように伝える。

「悪いけど、アンは留守番よ。待っていてね」

クン、と鼻を鳴らし、アンはおとなしく侍女たちの足下で伏せをする。

らせん階段を下りながら、サミュエルは不満そうにたずねてくる。

「姉さま、あのギャレットという奴、いつまでそばに置いておくの？」

「そうね。まだ期間は決めていないわね」

「まさか王宮まで連れていかないよね？」

「いけないの？　そもそもあまり王宮に行かないのだし、そばに慣れた従者くらいはいないと私も過ごしづらいのだけれど」

ギャレットは……嫌がりそうだとは思うが。

ベアトリスの美しい黒鳥は、ずっとそばにいてくれるものだと、なぜだか信じて疑っていなかった。文句を言いつつ、ギャレットはいつもベアトリスの隣に立っていてくれたからだ。

今度あらためて、彼の真意をたずねてみてもいいのかもしれない。

昔の恩を引きずって、やりたいことを我慢して女王に付き従っているのだったら、かわいそうだ。

「姉さま、僕の話を聞いてる？」

「もちろんよ」

「侍女だけでいいじゃない。それに女王の従者って、その……王杖《おうじょう》にするつもり？」

「王杖ねえ」

ベアトリスは生返事をする。王の側近である王杖は、イルバスで公爵位を得て、それに見合った多額の財産を取得する。王の許しさえあれば、代理で国璽を押せる重要な役割だ。

ベアトリスの周囲には職人や商人は多いが、貴族階級の味方がほとんどと言っていいほどいない。もちろん、政治に関する相談ごとには派閥《はばつ》の垣根を越えてみな乗ってくれるが、私事に関することまで心を打ち明けられる人物は皆無だった。彼女が社交界と距離を置いたからである。

アルバートとサミュエル。どちらの派閥にも呑み込まれないように注意を払うには、それしかなかった。

もし今どうしてもひとり選ばなくてはならないのだとしたらギャレットだが、彼は貧しい庶民の息子。しかも天涯孤独の身の上で、ベアトリス以外の後ろ盾《だて》がない。

王杖が貴族階級の者でなくてはならない決まりはないが、前例がない。本人がそれを望むとも思えない。

(女王が王杖を持つとなると、それすなわち王配と事実上認められたようなものになってしまうのよね……)

戴冠《たいかん》式のさい、王は王冠と王杖を授けられ、王杖はもっとも信頼の置けるとされる部下に預けることになる。王の誕生と共に、公爵家がひとつ増えるはずだった。

忘れもしない戴冠式。あのとき——。

「最後まで王杖を胸に抱えたままスタスタ去っていった姉さまの戴冠式、いまだに王宮で語りぐさになってるんだからね」

「まあ、サミュエル。私のせいで恥ずかしい思いをさせてごめんなさいね」

ちっとも悪いとは思っていないが、ベアトリスは謝罪しておいた。

ベアトリスは王杖を選ばなかった。

国内の貴族たちは兄派と弟派に二分されていた。みな、まさかベアトリスがリルベクを得るとは思っていなかったのである。兄か弟のどちらかがあの重要な北部地方を得ると信じて疑っていなかった。

（戴冠した後も、リルベクが私の手に余り、兄か弟に譲り渡すかもしれない。長い目で見ると、私に味方するよりも、男たちのそばにいたほうがいい。みなさん考えていることは同じよね）

ベアトリスに王杖に取り立ててもらうよう、頼み込んできた神経の太い者もいたが、到底役に立ちそうにない人物だったので断った。

そもそもベアトリスの目的は「なにも成さない中間子」でいることなのだ。野心にまみれた貴族を王杖に持っては扱いにくい。

「廃墟の塔で仕事をするぶんには、ギャレットと侍女たちがいてくれれば十分なのよ」

「そうは言っても。姉さんだってずっとひとりというわけにはいかないはずだ」

大広間に改造した部屋の扉を、警護の兵が開く。厨房《ちゆうぼう》係が大慌《おおあわ》てで作ったらしき朝食が、今まさに並び始めたところだった。

キャベツのクリームスープ、籠《かご》にたっぷり盛られたごまのパンとふんわりとした白パン、ハムやチーズ、じゃがいものサラダ。ベアトリスの好みで、薄味で品数は少ない。アルバートだったら肉が足りないだの文句を言いそうだが、サミュエルとは食の好みが似ているので、文句を言われることはないだろう。

「ああ、ベリー類は下げてあげて。この子、食べられないの」

ベリーたっぷりの焼き菓子が下げられ、かわりにチョコレートが用意される。

「後で私が作ったアイスクリーム製造機、試してみる？」

「姉さん、はぐらかさないで。ほら、紹介したいというのは彼。ルーク・ベルニ。家庭教師のベルニ伯爵夫人をおぼえてるでしょう。彼女の長男で、長期の留学から戻ってきたんだ」

「まあ、戴冠式で一度お会いしたわ。わざわざ一度、帰国してくださって」

ルークは垂れ目がちの優しそうな顔をした好青年だった。ふわふわとした銀髪で、不思議なことだがちょっとアンに似ている。背が高く、男らしい体つきとあどけない顔立ちがアンバランスだったが、その不均衡《ふきんこう》が美しかった。声はさらに想像を裏切り、よく通る低い声だった。

　中性的で、優しげで、ほんの少しただよう色気。典型的な、女性の好きなタイプの男である。

「お久しぶりです、女王陛下」

「でも、戴冠式のときは、姉さまは一言くらいしか挨拶《あいさつ》しなかったでしょう」

「そうね。ありがたいことにずいぶんたくさんのお客さまに来ていただいたから」

「ルークはね。僕が戴冠するときには王杖に、って考えてるんだ。外国語も堪能《たんのう》だし、こう見えて結構武闘派だし、そばに置いていたら安心だからね」

「それはまぁ。ぜひ私の弟をよろしくお願いしますね」

　さあ召し上がって、とベアトリスがみなに席につくよう促し、否応《いやおう》なしに食事を始めさせる。サミュエルは少し面食らって、おとなしく席についたが、しばらくしてまた口を開いた。

「姉さま。ルークを王杖にという件、どう思う？」

「あなたが決めたのだから、よろしいのでしょう。私よりもお兄さまにお伺《うかが》いしたほうがいいわよ」

　ベルニ家はサミュエル派の筆頭だ。人選として意外性はない。このルークは、サミュエルが幼少の頃より遊び相手として、長らく弟のそばにいたのだ。

留学期間があったとはいえ、実の姉である自分より、サミュエルと過ごした時間は長いはず。

「僕の周りには、ルーク以外にも頼りになる者がいっぱいいるんだ。もし姉さまが望むなら……僕のルークを、姉さまの王杖に譲ってもいいと思ってる」

ベアトリスはフォークを置いた。

途端に、空気がぴりっと張り詰める。

「サミュエル。失礼でしょう。ルークさんは、あなたを慕《した》って仕《つか》えてくださっているというのに。まるで物のような」

「いいのです、女王陛下。私もおふたりから頼りにしていただけるのなら、身に余る光栄かと。先にサミュエル殿下にお話を伺ったときは、驚きましたが、逆に身の引き締まる思いで——」

ベアトリスはほほえんだ。

「ルークさん。これからも頼りにしておりますわ。この通り、サミュエルは少し突飛《とっぴ》な物言いをすることもありますの。でも根は本当にいい子で、私にとってはいつまでもかわいい天使なのです。よくよく守ってさしあげてね」

背後に控えるギャレットが、表情を変えないように努めているのが窓ガラス越しにわかる。王杖の世話などお断りだ、さっさと帰れ。ベアトリスの真意をきちんとくみ取ってくれたらしく、その後、話題はルークの留学体験についてすみやかにうつされた。

サミュエルはギャレットを強くにらみすえた。

——あなたには悪いと思っているのよ、ギャレット。

心の中で彼に同情しながら、ベアトリスは涼しい顔で食事を続行した。

*

「さすがは姉さまだな。まったくもってお前に興味をしめさないとは」

廃墟の塔のそばに建てられた来客用の屋敷。サミュエルはベッドに背を預けると足を投げ出し、靴を落とした。

ベアトリスをたずねてきた貴人をもてなすための屋敷は、小さいながらも管理が行き届いていた。大きな暖炉にアデール女王の肖像画と、リルベクの雪景色を描いた絵画が飾られ、たっぷりと蠟燭《ろうそく》を乗せたシャンデリア、丸テーブルの上には、まるで本物のような繊細な造花の飾り籠。

ワインレッドと白で統一された家具や壁紙は、女主の趣味らしい、落ち着いた華やかさである。

サミュエルはくやしそうに言う。

「昔はあんなふうじゃなかった。優しかったし、僕のことをいつも気遣《きづか》ってくれた。姉さんが変わったのは、あのギャレットとかいう奴のせいに決まってる」

ベアトリスは、いつだってサミュエルを優先してくれたのだ。

ルークは声を落とし、ひっそりと言う。

「女王陛下はお優しいですから、身分いやしい者も分け隔《へだ》てなく重用なさいます。ギャレット殿は廃墟の塔でまるで王杖のようにふるまっているとか……」

やはりそうか、とサミュエルは爪をかんだ。

そうなればますます、ルークに対するいらだちが増す。

「だったらお前が、さっさとなんとかしろ！　伯爵家の跡取りだろう。姉さまに、あのギャレットよりお前が劣ると思われたんだぞ！」

「申し訳ございません」

靴を投げつけると、ルークはおとなしくそれを拾い、揃《そろ》えて置く。アンはおびえ、ベッドの下に隠れてしまった。

ルークは自分の側近の中でも一番の美丈夫《びじょうふ》だった。外国の宮廷では顔を出すたびに、ひっきりなしにダンスの誘いがあったと聞く。少しは期待を持っていたのだが。

「姉さまが、僕の陣営から王杖を選んでくれれば。そうすれば僕はもっと事を進めやすくなる。兄さまはプライドが高いから絶対に王宮を離れたりしない。まだ王位を継承しない僕が自由に動き回って、姉さまの周囲を固めてしまえば……」

そもそも、姉より戴冠する意向だと聞いたときから、サミュエルの頭を真っ先によぎったのは王杖の件だった。兄のアルバートも同じだろう。

ベアトリスはいったい誰を王杖に選ぶのか。もう心は決まっているのか――。

姉は王位継承の意思を伝えるとすみやかにリルベクに隠《こも》り、誰も寄せ付けようとしなかった。王杖候補を差し向けられても、丁寧《ていねい》に歓待し、ぐずぐずと返事をせずに留め置いて、時間を稼《かせ》ぐのみ。

結果が、誰も選ばなかった戴冠式だ。

「何を考えてるのかサッパリだ。王杖がいたほうが箔《はく》がつくし、政務だって楽になる。もし王杖を持たないいままだったら、多方面からあなどられるじゃないか。姉さまが、兄さまの好きなように操られてしまったら……」

そもそも昔から、アルバートはベアトリスを支配下に置こうとしていた。彼女がまだ少女のうちから。どこへ行くにもベアトリスの手を引いて歩き、仲睦《むつ》まじい兄妹であることを周囲にアピールしてきたのだ。

対して、アルバートはサミュエルに対し冷淡だった。風邪で寝込めば「だらしない」の一言で切って捨て、サミュエルを置いていつもどこかへ行ってしまった。幼い頃は遠出することもかなわず、サミュエルはいつも離宮《りきゅう》の子ども部屋で過ごしていたが、兄がたずねてきたことなど数えるほどしかない。それも、弟に会いたがるベアトリスに仕方なくくっついてくるだけだった。

アルバートは、自分のことを「そばに置く価値もない弟」であると見なしたようだった。

「今回は、あやうく兄さまの陰謀で取り上げられそうになった土地を、姉さまが国璽を押さずに守ってくれた。だが次もそうなるとは限らない」

そう。食事のさい、アルバートの行いをベアトリスに抗議した。サミュエルが相続するはずの西部地域を自分のものにしようとは、ひどい兄ではないかと。

西部地域は農作物の不作や疫病《えきびょう》の流行などさまざまな問題が噴出し、税収のうまみのある土地ではなかったが、それでも取り上げられるのはまっぴらである。

だがベアトリスは、あくまで落ち着き払っていた。

『サミュエル。そう思ってしまうのはもっともよ。でもお兄さまの考えは、もっと違うものだったの。西部地域は昔から、あまり食べ物も採《と》れないし、リルベクみたいに手に職がある者が集まっているわけではないでしょう？　暮らし向きが貧しくなると、土地は荒れてしまうもの。荒れた土地を弟に相続させるのを気の毒に思って、しばらくの間、お兄さまが管理しようとなさっていただけなのよ』

『でも、期限が設けられていませんでした』

『そうね。一年や二年で、領民の生活がよくなるわけではないから、期限は設けられなかったの。でもそれではよくないと思って、私は国璽を押しませんでした。あなたが国王になってから、最初に取り組むべき課題にしたらよろしいわ。西部地域の活性化。うまくいけば、あの地域の民はあなたの味方になってくれます。でも、お兄さまがけして意地悪をしたんじゃないということ、理解してくれるわね、サミュエル』

「――ずいぶん好意的にとらえたもんだよ」

サミュエルはふてくされたように言った。

体が弱く、第三子であるサミュエルはきょうだいのなかでは不利だった。

王妃は病弱な息子をかわいがっていたが、心の内はサミュエルが国王になることを望んでいなかった。彼女にとって跡継ぎはあくまでアルバートとベアトリスであり、サミュエルがふたりの障害になることをなによりも恐れていた。離宮にサミュエルを閉じ込め、ふたりのきょうだいと隔絶させたのも、王冠への興味をなくさせるためだろう。

それも母親なりの、子どもの守り方というやつなのかもしれない。だが――。

「望めばきょうだい全員が王になれるというのに、王冠をかぶらないなんて、僕はなんのために生まれたんだ。人生が始まる前から、すべてを否定されるとは」

王冠は人数分用意されているのだ。王家に生まれたからには、王になりたい。

ましてや自分は男子なのだ。歴史に名を残さずして、どうして王宮を去れるだろう。

「リルベクさえ……この土地さえ僕の手に入れれば、逆転できる」

兄との差を埋めるには、姉の協力は必要不可欠だった。なにもベアトリスから女王の権利を奪おうというのではない。サミュエルの派閥へ入り、共にイルバスを統治してくれさえすれば良い。ベアトリスだって、味方が多ければ心強いはずだ。

サミュエルに割り当てられた西部地域を立て直すため。

「僕はリルベクを――姉さんを必ず手に入れる」

女のベルトラムは、男たちにとって重要な駒のひとつだ。

女は継承権を放棄させ、嫁に出せる。さもなくば、側近と結婚させ、自分の内に取り込んでしまうことができる。さっきサミュエルが、ルークを王杖に推《お》したように。問題は男の兄弟がふたり以上いる場合だ。

負ければ最後、存在ごと王朝から消される。それが男の戦いだった。

「――僕は嵐になる。気に入らない奴をすべてなぎ倒して、肉片のひとつも残さない。一番かしこくて、一番美しくて、一番強い王になるんだ」

苔のようなまだらの瞳をきらめかせ、サミュエルは天蓋のベッドに向けて手を伸ばした。もう、あと二年もすれば成人だ。理想はすぐ目の前にある。

「サミュエル殿下ならきっと、大きな嵐におなりになるでしょう」

「ルーク」

彼が名を呼ぶと、心得たようにルークが足下にひざまずき、靴下を脱がせる。

つまさきにキスをする彼の顎《あご》を蹴り倒し、サミュエルはけらけらと笑った。

＊

ブーツのすぐそばで、水滴がはねた。

ベアトリスは耳をすませる。雨漏《あまも》りの音以外に、まとわりつくものはない。

カンテラの明かりがたよりなく揺れる。いつもここに来るときは、わけもなく緊張を強《し》いられる。

古い鍵穴に、そっと鍵を差し入れた。

重々しい、ひきつった悲鳴のような音を立て、扉が開く。

壁一面にたてかけられた弓や剣、小銃の数々。さらにその銃身を短くした騎兵銃。それらより旧式のマスケット銃や防具。物資を運ぶための馬車や、冬にはそれにとりつけて橇《そり》とするための滑り木。もっと奥深くには、大砲がいくつも……。

戦いに向けて、進軍を控えた兵士が見えるようだ。持ち主を失った武器たちは、ひっそりと息を潜《ひそ》めて活躍の場を待っている。王宮の武器庫をはるかにしのぐ火器の数々は、何度見ても心を怖気《おぞけ》立《だ》たせる。

「それではみなさん、お願いします」

ベアトリスの声で、職人たちが作業にかかる。カンテラはそれぞれ定位置に置かれ、彼らは私語のひとつもさしはさまず、手入れ作業を始めた。

ベアトリスが手厚く守る職人たち。彼らが作るのは、なにも暖炉やストーブ、衣服や料理だけではない。本職はこちらだ。

リルベクの武器職人たちは、ベアトリスが祖父の代から引き継ぎ、長らく保護してきた。一家まるごと飢えずに、豊かに暮らせる収入と権利を得る反面、リルベクから出ることは許されない。秘密を守ることを誓わされ、廃墟の鍵を持つベアトリスの監視のもと、閉ざされた施設で武器を管理する。

軍事を司《つかさど》るアルバートすら知り得ない、この武器の数々。これは兄――いや弟にとっても宝の山だろう。小国ひとつなら落としてしまえそうな火力を保有している。

目の前で、ギャレットも慣れた手つきで銃の手入れをしている。その後は試し撃ちだ。

リルベクの自警団はこの「鍵」にかかわるメンバーから構成されており、職人だけでなく、腕におぼえのある者たちも揃っている。

ギャレットはその一員だった。

ギャレット自らが、女王を守るために武器を手にすることを志願したのである。

「軍人たちにばれないようにここに入るのも、骨が折れるわね」

王立騎士団の駐屯地《ちゅうとんち》はリルベクにあったが、これはアルバートの配下の貴族たちによる組織だ。廃墟の鍵の存在をかぎつけられるわけにはいかない。

この武器庫の中身は、革命の混乱に乗じて集められた武器や、リルベクが戦場となったさいに敵軍から奪ったもの、友好国のニカヤから譲り渡されたもの、さまざまである。イルバス製のものはほとんどない。多くの武器の最後の出番は六十年前にあった大きな戦争であった。

アデール女王は我が子に武器のありかを言うか言わぬかためらったまま、それらをリルベクの地下におしこめた。

どうしてこれを軍の管理下に置かなかったのかはわからない。戦勝で鹵獲《ろかく》したものも含まれているので、公《おおやけ》にしたくなかったのかもしれない。

「これを渡すにふさわしい子女が生まれたら、リルベクを守らせて」

それが、後に残した王杖への遺言だったという。

「いずれ露見すると思わないのですか」

ギャレットは、手を休めずに言う。

「表沙汰になることも、あるかもしれないわね」

「イルバス軍の管理下に置かれない武器を保有するのは違法だ」

「なぜおじいさまはこの武器の所在を明らかにして、軍に管理させなかったのかしら。秘匿《ひとく》はずっと前から、脈々と行われていた。なぜだかわかる？」

ベアトリスも、手入れをする。やり方は教わった。銃身にブラシを通して煤《すす》を落とし、分解して部品ごとに布で拭き取ってゆく。

彼女も銃は撃てる。野山を駆けまわり、鹿を撃つこともある。自分用に、小さな猟銃を作ってもらったのだ。狩りに出るたびにギャレットが背後でひやひやとしているが。

「武器がそこにあれば、誰だって使いたくなるものよ……」

先代で軍を統括していたのは、ベアトリスの父だった。叔母《おば》は文官たちをまとめる役割。もし父が、軍事をもって叔母を攻撃したならば彼女に対抗できる手段はほとんどと言っていいほどなかった。対等な立場といえども、武力の前には言葉を呑み込まざるを得ない。

「……そのための、対抗策としての隠し武器だったのかもしれない」

叔母は対立することをやめ、王冠を返して引退したので兄妹が刃《やいば》を向け合うことはなかったが……。

アデール女王は気づいていたのだろうか。彼女自身が、熾烈《しれつ》な姉妹での争いを経験している。共同統治の欠陥と、そのもろさに。だからこそここに秘密を残した。

「きょうだいで争ったとき、軍事を掌握《しょうあく》する者が必然的に勝つ。そうなれば、共同統治を謳《うた》っていても『軍事力を持つ者』が勝利する決まりになる」

「それは普段の力の均衡にも影響する」

「そう。平等と言っておきながら、軍事力を持つ者が裏では力で押さえつけようとするでしょう。私とサミュエルだって軍隊を持っているけれど、必然的に王都に兵力が集中している。王都の玉座にはお兄さまが。彼の王杖は軍のトップ。この意味がわかるでしょう。軍隊だけで国が動くわけではないけれど、軍隊はけして無視できない。そのせいで、先代の共同統治はどこかいびつだった」

叔母は、いつも弱腰だった。

本来は一つにまとまらなくてはいけない力が割れていることは、偏りを生じさせてしまう。

「私たちはやり方を変えた。軍事の一極集中をやめたの。各国王の軍隊が互いの領地に駐屯地を作ってる。いざというときのため——けれど、詭弁《きべん》でしかない。誰かが力ずくで他のきょうだいを出し抜こうと、機をうかがっているのではないか。それを監視するためのものよ」

そして疑心暗鬼になり、争いの種が生まれる。

カミラが王位継承権を放棄してくれてほっとした。彼女も苦労していた母親を見ていたから、そうすることに抵抗はなかったはずだ。

「案外、サミュエルも廃墟の鍵を持っているかもしれないわね」

ギャレットが手を止めた。

「それは……」

「おじいさまが、昔から隠されていたこの武器庫の鍵を、兄と弟が争わないように私に渡したのではなく――。お兄さまに力が集中しすぎないよう、互いを牽制《けんせい》し合うために鍵を持たせたのだとしたら、サミュエルにも同じような武器の山がないとおかしいもの」

「それならば、牽制するためになおさら武器の存在を明らかにする必要がある。自衛のために持っている建前にして、ベアトリス様とサミュエル様、それぞれが公表しなくては意味がない」

「……そうね、あなたの言うとおりだわ」

一番疑心暗鬼になっているのは、私なのかしら。

次の銃に手を伸ばす。いつまでこんなことを続ければいいのだろう。兄と弟がリルベクを狙っているのは明らかだった。廃墟の鍵の存在こそ知らないだろうが、ここはそれを抜かしても魅力的な工業都市だ。

ベアトリスの胸はうずく。

このままずっと死ぬまで、誰も信じられないのだろうか。

「王杖の件ですが」

ギャレットの言葉に、思わずごとりと大きな音をたてて、銃を取り落としていた。職人たちの視線を受け、「ごめんなさいね、続けて」と小声でとりなす。

「急にどうしたの？」

「アルバート国王陛下の方でも動きがあるようです」

ギャレットには、情報収集を任せている。彼を通して、イルバス中にちらばった間諜《かんちょう》たちから報告が届けられた。布商人たちが町を転々とし、暗号を刺繍《ししゅう》して、リルベクへ届けるのだ。

「お兄さまね……おそらくウィル・ガーディナーをよこしてくるでしょう」

うんざりしたように、ベアトリスは言う。

「ガーディナー公はすでにアルバート国王陛下の王杖ですが」

「王杖はやめることができるのよ。すぐに私の王配になってしまえば問題がない」

ガーディナー公は騎士団の長だ。彼以上の肩書きを持つ人物は青の陣営にはいない。

妹を側近と結婚させて配下に置くつもりなら、兄は一番大事な王杖とて差し出すだろう。

「ベアトリス陛下のご年齢を考えれば、そろそろ王杖を決めなくてはならないでしょう」

ベアトリスは、大きく息を吸い込んだ。

「そのことなんだけれど」

彼の意思を聞かなくてはならない。ここまで大きく育った右腕を今更手放せない。

「あなたにもし、その気があるのなら」

「ベアトリス様。それだけはいけません」

やけにきっぱりと、ギャレットは言った。

彼と視線がかち合った。さえざえとした、意志の強いまなざし。

時が止まったかのようだ。だが彼は、すでに次の言葉を口にしている。

「リルベクにいるから、感覚が麻痺《まひ》されているだけだ。職人と王族は違います」

「ギャレット……」

「恐れ多くも、そうおっしゃられるのではないかと思っていました。だから俺は、ずっと考えていた答えを今ここで言います。――ふさわしい王杖をお迎えください、ベアトリス様」

そう。彼は自分より少し前に成人して、大人になっていたのだ。もうとっくにかわいらしい、「私のギャレット」ではなくなっていたのに。

黒髪の隙間から、カンテラの橙《だいだい》の光に照らされて、神秘的な青い瞳が見つめている。

手のひらの暗闇で閉じ込めた、サファイアのよう。

しかし、握りしめた手は、いつかほどかなくてはならない。

ベアトリスはやっとの思いでたずねた。

「なにかやりたいことがある？」

「いいえ。あなたに拾われ、あなたに育てられ、さまざまなことを教わりました。身に余る光栄、今更他に目指すものなど俺にはありません」

「家族を持ったらどう？　染め物工場をひとつあなたにあげるわ。かわいい奥さんをもらって……」

「染め物は亡くなった母の生業《なりわい》ではありますが、俺が志《こころざ》す仕事ではありません。できるなら、このまま陛下のおそばで、こうして武器の手入れを手伝わせてください。情報も取ってきますし、いざとなれば弾よけにもなれる」

口ではいつもあきれたように主君を扱っているが、本当はずっと自分を守るために献身《けんしん》してくれていたこと。ベアトリスには、それがよくわかっている。

彼に甘えているのだろう。よくないことだという自覚はある。

穏やかな時間は、永遠には続かない。ベアトリスもギャレットも、どこかで区切りをつけなくてはならないのだ。

ベアトリスはつとめて平静を装いながら、「これからもよろしくね」と口にした。

ほんの少し、声が震えてしまったが、気づかないふりをした。

第二章

王たち専用の会議の間が、久方ぶりに開かれる。

中央の大きな丸テーブルには金箔《きんぱく》をほどこした三つの椅子が用意されている。続いて、それらを取り囲むようにして円形に配置されたテーブルが。さらにそれを取り囲むようにして、椅子とテーブルが並ぶ。

まるで優美な闘技場だ。この緊張感は、イルバスの王宮独特のものである。

ベアトリスは目のさめるような深紅《しんく》のドレスに身を包み、会議の間へ足を踏み入れた。実に数カ月ぶりの女王の登場であった。

好奇の視線が集中しているのは、彼女の手を取る黒ずくめの青年が、家臣たちにとって見慣れない男であるからだ。ギャレットを王宮へ連れ立ったのはこれが初めてだった。

やりづらそうなギャレットを目配せでなだめる。悪いが、少しの間我慢してもらわなくてはならない。

彼女が重たい腰を上げなければならない議案が、リルベクへ届けられたのだ。

「女王陛下、お久しゅうございます」

「戴冠《たいかん》式のとき以来ですな。お変わりなく美しい」

ベアトリスは油断なく笑みを浮かべた。

「ありがとう。さすがに我が国の軍隊が動く事案となれば、私も顔を出さないわけにはいきませんから」

王たちは、おのずと自分たちの座席がわかるようになっている。ベアトリスの前には赤いグラスが、アルバートとサミュエルの前にはそれぞれ青、緑の色違いのグラスが置かれていた。なみなみと葡萄酒《ぶどうしゅ》が注がれる。

きょうだいの身につける衣装や持ち物にいたるまで、王宮の衣装係がこまやかに配慮し、色分けしているのである。それぞれの王を象徴する色は、やがて青の陣営、赤の陣営、緑の陣営という派閥《はばつ》の名となった。

王たちの後方に用意されたのは、飾り布をかぶせた側近たちの席だ。

青と緑の座席には追加の椅子が用意されるほどであるのに、赤の陣営はわびしいものだった。ギャレットや北部地帯の名誉貴族たちがぽつんぽつんと腰を下ろしている。

「トリス。お前が最後だぞ。たまには俺より先に来て待っているくらいのことはできんのか。それでなくとも事は一刻をあらそうのだぞ」

アルバートは不機嫌だ。

「申し訳ありません、お兄さま。到着したのがつい先ほどなのよ。お天気が悪くてなかなか馬車が進めなかったものですから」

「女性を待つのも男の器量のうちだと思いますけど、兄さま」

サミュエルは懐中時計を開く。

「別に大遅刻ってわけじゃない」

アルバートは鼻を鳴らし、腕を組んだ。

「サミュエル。お前にはまだ早いと俺は言ったが、トリスのたっての願いで、お前の席も用意した。心優しい姉に感謝するんだな」

姉を擁護《ようご》する弟に対して開口一番、アルバートはそう言った。ベアトリスは肩をすくめて、「大事な問題ですから」と付け加える。

「二年後にはあなたも毎回この席に加わるのです。よくお兄さまを手本になさってね」

「はい、姉さま。ありがとうございます。少しでもお役に立てるよう、頑張ります」

サミュエルはまだあどけなさが残る、好青年の笑みを形づくる。

内心兄の物言いが気にくわないだろうが、あえて口に出したりはしない。

アルバートは改まったように、ベアトリスに向かって声をあげた。

「しかしトリス。サミュエルはともかく、お前もその席にひとりで座るのは心細いのではないか？　そろそろ隣に誰かがいてほしい頃合いだろう」

王のかたわらに座れるのは王杖《おうじょう》のみだ。アルバートの横には、銀箔をほどこした椅子が置かれている。彼の王杖のウィルの席だ。王杖を持たないベアトリスと、王位継承が済んでいないサミュエルは、それぞれひとりずつ腰をかける。

さっそくきたか、とベアトリスは扇《おうぎ》で口元をかくす。

「いやだわ、お兄さま。頼もしいお兄さまの隣に席があるのですもの。心細いことなどありようもございません」

「このウィルが俺を支えてくれてこそだ。お前にも優秀な王杖が必要だと思うが」

「そうですね、いずれは」

「青の陣営の男どもは、ほとんどが王立騎士団の団員で構成されている。見目も良く腕も立ち、家柄も良い。お前が望むなら、赤の陣営へ渡してやってもよいぞ」

「まぁ……お兄さまのお眼鏡にかなうなら、どなたも優秀なのでしょう。とても選べません。お兄さまより素敵な方がいらしたら、真剣に考えます」

のらりくらりと返事をする。優秀な王杖は必要だが、兄の陣営からではない。ベアトリスの返答いかんでは自分にお鉢《はち》がまわってくるかもしれないと、青の飾り布の席に集まった側近たちはそわそわと落ち着かなくなる。

それと同時に、緑の陣営にとっては雲行きが怪《あや》しくなってきた。ベアトリスが青の陣営から誰かを選んだらどうするべきか。焦燥感が湧きはじめる。

サミュエルが葡萄酒でくちびるを潤《うるお》し、口を開いた。

「兄さま。議題はまだですか？　これだけ多くの人材を集めての会議、時間そのものが財産なのでは？　姉さまだって、大勢の前で王杖の話などしたくないでしょう。女王にとっては大事な問題なのだから」

彼が水を差したことで、生まれ始めた小さな喧噪《けんそう》が、凪《な》いでゆく。

「それもそうだな。さすがは我が弟。女のように女の気持ちがわかるときた。そういったことは、お前には到底かなわんよ」

サミュエルのまなざしに、ひりつくような憎悪がやどる。

ちらりとうかがったギャレットの顔が、もう勘弁してくれと言わんばかりなのがおかしくて、ベアトリスは噴き出すのをこらえた。

ふたつの陣営に挟まれ、赤の飾り布のテーブルは葬儀場のように静まりかえっている。

「議題に入ってもよろしいでしょうか」

淡々とウィルが言う。彼はあくまで真面目《まじめ》な気持ちで放った一言だったのだろうが、なんとも間の抜けた雰囲気になった。

「少しは空気を読め、ウィル」

「は。申し訳ございません。ですが事は一刻をあらそうとおっしゃったのはアルバート様です」

畏《おそ》れを知らぬ物言いに、アルバートも嘆息《たんそく》する。

「……もういい、さっさと始めるぞ」

彼は咳払《せきばら》いを挟んでから続けた。

「先触れしていたとおり、カスティアとの関係は年々緊張感が高まりつつある。あちらの狙いは国土拡大、つまりニカヤだ」

「ニカヤ……」

それは、イルバスと友好関係にある島国だった。常春の国、ニカヤ。

もともとこの国は、ただの名もない島だった。島流しにされた罪人たちが、無人島にたどり着いたのが始まりだとされている。

その後、とある海賊たちの船が島に漂着する。彼らは秩序を持たない民《たみ》たちをまとめあげ、国を作り始めた。王朝がひらかれ、流れ者だらけの島民たちは初代ニカヤ王のもとへ集《つど》う。肌の色も言語も、思想もばらばらの彼らは、ただニカヤの「春」を愛し、融和《ゆうわ》した。

ニカヤ国の成り立ちのさいは、ベアトリスの祖先――ベルトラムの王族が助言をしたというし、先々王のアデールは一時期ニカヤ王宮へ身を寄せ、彼《か》の国で学んでいる。ニカヤとイルバスは固い絆《きずな》で結ばれていた。

「みなが知っているとおり、我が国の国歌もニカヤより伝わった。アデール女王がまだ王女のころ、あちらで国の成り立ちや仕組みを学び、イルバスに持ち帰っている。六十年前の戦争のさいは、物資の援助や援軍の手配でも世話になった」

そのころに伝わった春の詩は、イルバスの国歌として今もなお歌い継がれている。アデール女王の持ち帰った希望は、イルバス国民の心を支えた。

春は若き日の空の上に
春は老いた夜のさざめきのなかに
それぞれのぬくもりを運んでくる
冬が終わり　朝がめざめ　鳥のさえずりが春を呼ぶ
そのときは応《こた》えよ　声がする彼方《かなた》、そこに王国がある

冷たくこごえるイルバスで、春のおとずれを信じて戦い抜いた国民たち。

長く閉ざされた冬に生きるからこそ、民は春を信奉している。

春は崇拝の対象だ。ベルトラム王家の子どもたちは、そんな国民の思いをないがしろにするわけにはいかなかった。

それだけではない。ベアトリスは懸念《けねん》していた。

「ニカヤには農作物や海産物等の輸入を頼っています。あちらからの物資が途絶えれば、イルバス国民すら飢えかねない」

早急に輸入ルートを整えるにしても、関税でこちらはかなり不利になる。

ここでニカヤを見捨てることは、民の暮らし向きを悪くし、王族への不信感を募《つの》らせることになる。

アルバートはうなずいた。

「ニカヤは天災により国力が衰《おとろ》えている。カスティアはこの隙にニカヤの地を手に入れ、海の向こうの大陸への侵攻の足がかりにしようとしているようだ。復興で手一杯の国には領土を守り切れるほどの力はない」

運の悪いことに、ニカヤはここ数年小規模から中規模の天災がたて続けに起こっていた。国内のことにかかりきりになったニカヤには、外敵が虎視眈々《こしたんたん》としのびよっていたのだ。

カスティアの狙いはニカヤに要塞《ようさい》を築き、別大陸の国へと侵攻を進めること。カスティア国王は大の戦争好きで有名だ。いずれは世界中にカスティアの国旗をはためかせようとするだろう。

「まだすぐに開戦というわけではないが、万が一ニカヤに援軍を送ることになれば、肝心のイルバスの守りが手薄になる。ここは軍備拡大を視野に入れては――」

「待ってください」

サミュエルが口を挟む。

「たしかにニカヤは友好国で、祖父母の代では大変世話になりました。ですがしょせんは他国のこと。軍事拡大のために国庫を使って、肝心のイルバス国民を飢えさせるようなことがあってはなりません。僕は反対します」

「輸入の問題はどうする」

「僕の側近に、心当たりが。彼が留学先で得た人脈を使い、新しい輸入ルートを築きます」

「関税はかなり足下を見られるだろうな」

「しばらくの間の我慢です。イルバスの農業は、昔に比べて安定しています。むしろここで兵役《へいえき》を課して若者の働き手を失うわけにはいかないでしょう」

軍備拡大となれば、アルバートの勢力が幅を利《き》かせるだろう。サミュエルの子飼いは文官が多い。万が一ニカヤとカスティアの間に戦争が始まり、イルバス軍も加勢することになれば、援軍を率いるのはアルバートだ。王の勇姿《ゆうし》は民の心に刻まれる。

アルバートの支持者を増やすまたとない機会となる。

サミュエルをはじめとする緑の陣営たちは、そのことを大いに懸念《けねん》していた。はやる青の陣営をおさえようと躍起《やっき》になっている。

「トリス」

アルバートは、するどい視線をベアトリスに送る。

「お前はどうなんだ」

背中が騒がしい。いつの間にか、兄弟だけでなく互いの陣営がなじり合い、収拾がつかなくなっている。ベアトリスは彼らを冷ややかに一瞥《いちべつ》すると、静かに答えた。

「軍備の拡大には、反対いたしません。ニカヤを狙っているのはなにもカスティアだけではないでしょう。カスティアが有利となれば、便乗する国もあるはず。過去のいきさつを考えれば、我々はニカヤに多大な恩があります。カスティアが他国の協力を得て、勢いを増してニカヤに攻め込んだとしたら無視はできません。戦争が始まれば、イルバスがニカヤ側につくのは自然な流れ」

「ほう。では兄の案をとるか」

「姉さま、ですが」

満足げな兄と、納得いかずに口をはさむ弟。ベアトリスは決めていた。今日、国璽《こくじ》は押さない。戦争はまだ始まらない。カスティアはニカヤを押さえたいだろうが、島国のニカヤを攻めるには海上戦となる。ベアトリスの放った間諜《かんちょう》の情報が正しいなら、大砲を積める船を、カスティアはわずか二隻しか持っていないはずだ。急いで船を造るとしても、人材や資財をかき集めるには時間がかかる。

カスティアとイルバスの国境付近にそびえる鉄鉱山は、前《さき》の戦争によりイルバスが採掘権を勝ち取っている。カスティアが新たな武器を作るには材料を仕入れなくてはならない。イルバスは鉄を融通《ゆうずう》するつもりはないし、他国もカスティアが恩を仇《あだ》で返す可能性を考えれば、おいそれと武器の材料など渡せない。まだ時間がかかるはずだ。

協力関係にある国から船や人員を借り入れたという話もまだ聞かない。どの国もこの問題に関しては慎重だ。

——そして、イルバスの出方次第で賽《さい》の目は変わる。

「とはいえ、軍備を拡大するには我が国の設備は不十分です。万一の備えとして新たに兵を徴用《ちょうよう》するとしても、彼らを育てるための施設や物資が必要になります。そこをまた税金でまかなうとなると……」

ベアトリスは、ちらりと背後のテーブルに座る貴族たちをながめた。

「かなりの、覚悟が必要かと」

場合によっては彼らの私財も差し出してもらわなくてはならない。暗にそのことをほのめかすと、彼らは静かになる。ここに席を置くのは王から召集の声がかかる実力者ばかりだが、懐《ふところ》が潤沢《じゅんたく》な者たちだけではないはずだ。

アルバートは声を張る。

「ニカヤを守る方が先決だ」

「立派な正義感、尊敬いたしますわお兄さま。ですがニカヤは、見返りに何をしてくれるでしょうか。せめてそのあたりの確約がいただけないことには……」

これにはウィルが、異をとなえる。

「ニカヤから物資が届かなくなっては、我が国にも多大な打撃となるとおっしゃられたのは女王陛下でございます。それにいやらしく見返りを求めるのも、かえって我々の品位が疑われかねないかと」

「まあ、ガーディナー公は私の発言が品位を欠くいやらしいものだとおっしゃりたいのね」

「場合によっては信用を失うかもしれません」

ベアトリスの嫌みにも物怖《ものお》じしない。彼女はかえって感心してしまった。アルバートはうなるようなため息をついているが。

だが彼がウィルを王杖に置いているということは、はっきりとした物言いができるところを長所としても買っているのだろう。

サミュエルは彼をにらみすえた。

「控えろガーディナー。女王陛下に対する口の利き方というもの、兄さまに教わらなかったのか」

「申し訳ございません」

「僕の王杖だったら、ただではすまないところだ」

「苦言を呈することができるのも、俺の王杖の美徳だ。許せ、トリス」

アルバートの言葉に、ベアトリスはうなずいてみせた。もとより怒ってなどいない。ウィルの人物を見極めるために、悪いが多少からかってしまっただけだ。

「サミュエル。あなたの言うツテとは、ルーク・ベルニの人脈に関してかしら？」

「はい、姉さま。イルバスの食糧自給率の低さは、かねてから僕は問題だと思っていました。特に果物や野菜が極端に不足しています。特定の地域では、家畜の餌《えさ》すら採《と》れないありさま。流行病《はやりやまい》は栄養不足が大きく影響しています。僕はアデール女王の持っていた畑や植物の研究施設を引き継ぎましたが、人口も増えたし、限界がある。ニカヤ頼みではなく、他国ともっと広くつながり、今後のイルバスの農業発展のために対策を立てるべきかと。その足がかりとして、ルークにはさまざまな宮廷に顔を出してもらいました」

「頼もしい子ね。いつも先を読んでる」

サミュエルは得意げな顔をしたが、ベアトリスは申し訳なさそうな笑みをうかべた。

「でも、それでは足りないの」

「え……？」

「もしニカヤとカスティアが戦い、ニカヤが負けたとしましょう。ニカヤの土地を我が物としたカスティアはおそらく、過去の確執があるイルバスには輸出に応じたとしても重い関税をかけるか、最悪の場合、取引はとりやめてしまうはず。次にカスティアが矛先《ほこさき》を向けるのはこのイルバスに他なりません」

アルバートは黙ったまま頬杖《ほおづえ》をついている。これに関しては彼も同意見らしい。

ベアトリスは続けた。

「他国にしてみれば、我が国とうっかり親しくすれば、とばっちりを食いかねない。もちろん、食糧輸入だけならベルニ卿《きょう》の努力で……あくまでイルバスの商人とその国の商人の間の、私的なやりとりということにして……ほんの少しは融通していただけるかもしれないけれど、対象国は保険として、イルバスだけでなくカスティアにも資源を渡すはず。中立国になってくれる国は、いまどのくらいあるのかしらね。そしてそれは実質的な距離も大きく関係する。可能性があるとしたら国境がイルバス、カスティア共に地続きになっている小国の他にない。この小国は自身を支えるだけで精一杯のはず」

サミュエルは難しい顔になる。アルバートは眉を上げた。

「サミュエル。輸入ルートの確約はできているのか？　これから打診する案は解決策のひとつには数えられんぞ」

「……王の承認がなければ、僕は動けませんので」

「俺は承認したおぼえはないな。トリス」

「今、初めて聞きましたので」

ただ、サミュエルの側近たちが他の国々で個人的なやりとりをしているようだというのは耳に入っている。ベアトリスの配下には商人が多い。港から入ってくる情報は、兄より早いのだ。

サミュエルはくやしそうだ。口約束程度なら、いくつか取り付けた契約があったのかもしれない。

「承認をとってからここで発言するべきだったな。こういうときこそ兄を頼れよサミュエル、なあ」

言ったところで握りつぶしたに違いないアルバートがいけしゃあしゃあと言う。

「でも、サミュエルの案はけして悪いものではないのよ。たしかにニカヤに頼りすぎではリスクが高いもの。継続的な取引ではなく、まずは単発の取引に応じてくれるよう、あたってもらえるかしら」

「わかりました、姉さま」

「サミュエルにこの件を任せましょう。国璽を押してくださるわね、お兄さま」

「トリス。お前が望むなら」

それで、とアルバートは続ける。

「軍備の拡大はするのか、しないのか」

ベアトリスは静かに告げた。

「——今はまだ時期尚早《しょうそう》です。サミュエルの方法でイルバスに資源確保の足がかりができれば、よそを助ける余裕もできるというもの」

「なにをのんきな。速さは重要だ。それだけで簡単に信頼は得られる」

「お兄さまは、ニカヤはカスティアに勝つとお考えなの？」

いくら急いでニカヤを助けたとしても、結果的にカスティアに負けてしまったのでは意味がない。イルバスもなにかしらの制裁を受けるだろう。

アルバートは揺るがなかった。

「──勝てる」

サミュエルは兄にかみついてみせる。

「見たところ、兵士も物資もカスティアの方が潤沢《じゅんたく》だ。ニカヤは海に囲まれた自然の要害があるだけ。なぜ勝てると思うんです、兄さま。なにか根拠が？」

「勘だ。それ以外ない」

しかし、アルバートの勘はいつも当たる。

本能で生きるこの王は、戦《いくさ》の勝敗を見事にかぎわける。勝ち馬に乗ることに関しては、三人の中で一番に優れているのだ。

（お兄さまが勝つと言ったなら、勝つ……）

それにはイルバスの迅速《じんそく》な協力が必要不可欠なのだろう。アルバートの考えによるなら、開戦までに兵や武器の補充は間に合わせたいところだ。

ベアトリスは服の下に隠した古ぼけた鍵を意識する。

──これはまだ、使えない。

彼女は顔を上げ、もう一度はっきりと言った。

「軍備拡大の草案は、目だけ通しておきます。ですが国璽は押しません」

国璽を持つ王の片方が動かない。会議が膠着《こうちゃく》した。

「トリス。そこまで言うなら、別の仕事をお前に頼もうか」

アルバートは足を組んだ。

「最近、鉄鉱山で悪さをしている者たちがいるようだ。おそらくカスティアの国民だろう。ニカヤへ攻め入るには鉄がいる。奴らは武器が足りないようだからな」

「盗掘ですか」

カスティアとの国境付近の鉄鉱山は、昔からいさかいが絶えなかった。採掘権は今イルバス側にある。カスティア人は鉄鉱石を採掘することはできないはずだ。

「盗掘して武器を作られてはかなわん。ニカヤへ援軍を出すことができないのなら、せめて国内の問題は解決しておかないとな。間接的にニカヤを守ることにもつながるだろう。盗掘の規模がどの程度のものなのか、まずは現状を把握しておきたい。軍を派手に動かすほどのことでもないのだが」

「良いでしょう。私がまいります」

ニカヤの事案を滞《とどこお》らせるかわりに、別の案件を解決してこいということなのだろう。

ベアトリスが返事をすると、サミュエルは眉を寄せた。

「姉さまだけでは危ない。僕の手勢から何人かそばにつけさせて……」

「必要ないわ、サミュエル。大勢いるとかえって面倒なのよ」

アルバートはくつくつと笑う。

「まあ、鉄鉱山の中だ。罠《わな》を仕掛ける場所はたくさんあるだろう。だが身内がかかっては目も当てられないから、少人数で動いた方が良い」

ベアトリスはワイングラスをかたむけた。王家の子どもたちは帝王学や語学のほかに、それぞれ専門分野を学んでいる。アルバートは軍事を、サミュエルは医学や農学を。ベアトリスの専門は工学だった。

「盗掘者を袋のネズミにしてさしあげます」

グラスをテーブルに置く、かつん、という音が合図だった。

二人の王と一人の王子は席を立ち、それぞれの課題を己《おのれ》の陣営へ持ち帰ったのである。

＊

長旅を終え、ベアトリスが馬車から降り立ったのは鉄鉱山——カスティアとの国境付近にそびえるカルマ山のふもとである。

六十年前の戦争の後、採掘権がイルバス側に渡った。ふもとの村々の住民たちは、以前はカスティア人とイルバス人が入り交じっていたが、現在はイルバス人のみ。鉱夫とその家族たちが暮らしている。ごみごみしているがどこかあたたかみを感じる素朴な土地だ。

「女王陛下御自《おんみずか》らいらっしゃるとは……」

村長は恐縮した様子でベアトリスたちを出迎えた。

「光栄ですが、なにしろむさくるしい村です。ろくなお迎えもできませんで」

とはいっても、鉄鉱石の取り分で潤っているのか、村長の家は小貴族の屋敷のように立派であった。ベアトリスたちはその屋敷を作戦終了まで間借りすることにしたのである。

「なんなりとお申し付けください。こちらも盗掘者にはまいっているんです。ご協力できることがあれば人はいくらでもお出しできます」

「そんなに盗掘者がいるの？」

「ええ。夜陰にまぎれて鉄鉱石を盗んでいきます。大人数でやたらと連携もとれているし、武器も携行しているようで我々もなかなか手が出せないのです。手伝いの子どもたちはしばらく入山を禁じました」

屋敷内のいっとう大きな広間が作戦会議室となった。テーブルには坑道の地図が広げられ、ガラスの重しが置かれる。

ギャレットが難しい顔をしている。

「鉱山の中はかなり入り組んでいるようだが、盗掘者たちは坑道を把握しているのか」

「何度も侵入されているのでね。我々も坑道で迷ったときのために、鉱山内に印をつけていたんです。それが相手にとっても都合が良かったようで……」

「そうね……」

地図の上で、ベアトリスは指をすべらせる。

「もう鉄鉱石が採れなくなった場所はあるの？　とりあえずそこは塞《ふさ》いでしまいましょうか」

「ルートを変えられるのですか」

ギャレットの言葉に、ベアトリスはうなずいた。

道がすこしでも違えば、恐怖心が湧くだろう。鉱山の中に迷い込んでしまえば生きて出ることは叶《かな》わないかもしれないのだ。視界がおぼつかない中、毒性のある危険生物やガスの噴出にも警戒しなくてはならなくなる。

（こちらが直接手を下さずとも、自滅してくれるのが一番いい）

罠《わな》にはいくつかの目的がある。戦闘不能にさせることだけではない。罠にかからず逃げのびた敵にも恐怖心をうえつけ、足並みを乱すことも重要だ。

「バリケードで簡単に塞ぐだけでもいいわ。正しい道の先に危険な『なにか』がある、と相手に思わせることができれば」

こういったことになるかと思い、木材などはたんまりと荷馬車に積んできたのだ。

「そして、新しい坑道を作るときは警告の鐘を鳴らすわね？　派手に鳴らしてちょうだい。あちらには新しい稼《かせ》ぎ場ができると教えて差し上げるの」

「かしこまりました」

事故を防ぐため、火薬を使うときは村の中心にそびえる鐘を鳴らす決まりであった。村人たちはみなそれを心得ており、鐘が鳴るときはカルマ山には近づかない。

「それとは別に小さな火薬がいくつか必要になります。これは私が調合しましょう。トロッコにも仕掛けが必要ね。これはギャレット、お願いできる？」

「かしこまりました」

「あの……我々はどうすれば」

おずおずたずねてくる村長の顔を見据えて、ベアトリスはてきぱきと指示を出した。

「まずバリケードを作ること。それから私とギャレット、数名の工兵たちの分の寝袋、食糧を用意して。あとは案内人の鉱夫を数名人選していただければ」

「陛下の、寝袋……そんな、とんでもない」

ベアトリスを鉱山の中で寝泊まりなどさせられない。村長はどうにか思いとどまるように説得を試みたが、ベアトリスは譲らなかった。

「鉄鉱石をみすみす盗《と》られることのほうが、『とんでもない』ことよ」

村長は押し黙る。事態がアルバートの耳に入るまで大きくなってしまったのは、盗掘の被害をおさえきれなかった彼の責任でもある。

「ごめんなさいね。でも作戦を必ず成功させましょう。そのためにはこの目でカルマ山を見ておきたいのよ」

「かしこまりました」

村長はあわただしく準備にとりかかる。ベアトリスは地図をにらみ、口を開いた。

「ギャレット。相手が大の男だとして、何人までなら倒せる？」

「条件によりますが。相手が武器を持っているとなると、俺ひとりではせいぜい数人程度でしょう」

廃墟の鍵をあけ、ギャレットは銃や火薬を携行している。万一のときの備えである。アルバートに都合をつけてもらうことも考えたが、多少古い型のものでも使い慣れた武器が一番だ。

「では……たくさん走らせて、体力を消耗《しょうもう》させましょうか」

ベアトリスは羽根ペンをインク壺に浸《ひた》し、思い切りよく線を引いた。

ギャレットはわくわくしたような顔をしている。ベアトリスは彼のこういう表情が好きだった。綿密な機械の完成予想図を見るときと同じ、すべてが組み立てられたその先を想像する顔だ。

ベアトリスの頭の中で、逃げ惑《まど》う盗掘者が見える。暗い坑道の中、息もたえだえになりながらがむしゃらに足を動かす。煙に追い立てられた彼らは外の光を求めて、出口へつながる印を探す。

「印は、ここと、ここを、いじる」

ベアトリスはペンで地図を引っ掻いた。

ギャレットは注意深く彼女の動きに注目する。

「盗掘者の処分はいかがいたしますか？」

「できるだけ生け捕りにして。相手がどのくらいの規模の組織なのかを把握します。鉄鉱石を盗んだ後は必ず加工が必要になる。高炉を動かすには木炭や、莫大《ばくだい》な資金が必要よ。カスティアからの密命による国ぐるみの犯行なのか、それとも単なる犯罪者集団による犯行なのか、割り出して」

「御意《ぎょい》」

ベアトリスは線を引き終えた。ギャレットはそのルートを築くのに必要な火薬の量を計算する。

ひと作業を終えて息をつくと、彼女は窓を開けた。カーテンをなでるようにして風が舞い込んでくる。リルベクよりもあたたかく、柔らかい空気だ。

ベアトリスは目をすがめた。庭には明かりがなく、はっきりとしなかったが……。

「……動物かしら」

「ベアトリス様、いかがいたしました？」

「なにかが動いたような気がしたのだけれど……わからなくなってしまったわ」

盗掘者のことを考えていたせいで、神経がとがっているのかもしれない。

「念のため、屋敷の警備を強化するように言っておきます」

ギャレットは窓を閉じ、ベアトリスをかばうようにして暖炉の前まで連れていく。

「大げさよ……」

「陛下が作戦の要《かなめ》です。御身《おんみ》は大事になさらないと」

彼に言われ、しぶしぶベアトリスは椅子に腰を下ろす。

彼はベアトリスをそこに縫い止めるべく、紅茶を注ぎ、焼き菓子を差し出した。これでも食べておとなしくしていろということらしい。

「こういうときに、陛下の代わりに作戦を遂行《すいこう》できる王杖がいたら良いのですが」

「あら、王杖がいたって私が全部やるわよ」

「……あなたはそういうお方だから」

ギャレットは、深くため息をついたのだった。

＊

男のようなシャツと下履《したば》き姿となったベアトリスは坑道の縦穴《たてあな》のひとつに注意深く火薬を設置した。ギャレットの手を借りながら、着実に準備を整えてゆく。

「思った以上に体力を使うわね」

「俺がやると言ったのに」

「何かあったときに、現場のことがなにもわからなければ動けないでしょう」

こうと言いだしたら聞かないベアトリスに、ギャレットは肩をすくめる。

「おなかがすいたわ。食事にしましょう」

「女王陛下も……ここで召し上がるんですか？」

「ええ。鉱山の中にレストランがないことはさすがに存じているわよ」

ベアトリスの冗談にやりづらそうに笑った後、案内人たちが手荷物からガラス瓶を取り出す。

中身は味付けされた肉や魚、酢漬けにされた野菜。それにパンと水筒があれば、即席の昼食の完成だ。

「いつもこんな感じのお食事なの？」

「陛下のお口に合わないとは思いますが……」

「そうじゃないのよ。保存食が中心なのね」

ベアトリスは、自分たちがいるからといって特別な用意は必要ないと念押ししたのだ。

あまりに普段と違う動きをしては、なにがきっかけで盗掘者に伝わってしまうかわからない。

それは食事の用意にも及んだ。ガラス瓶に詰められた保存食は、鉱夫たちの生命線だった。

「鉱山の中に入って何日も出られないことがあるので、どうしても持ち込める食糧の種類には限りがあるんです。日持ちしない魚類は先に食べてしまい、塩や酢で漬けた野菜は最後まで残します」

木箱をテーブルがわりに、わきあいあいとした食卓は楽しいことは楽しいのだが、なけなしの食糧が日々減っていく様を目にするのは精神衛生上よくないだろう。

ギャレットは瓶を手に取り、しげしげとながめる。

「かなりかさばるな。トロッコの移動で破損もするだろう」

「現状、これしか方法がないもんで……」

実際、ガラスの破片が入った野菜を食べて怪我をした者もいるらしい。知らないうちに蓋《ふた》の口が欠けていたのだ。鉱山の中は暗く、カンテラの明かりをたよりに食事をするので、やむをえない事故であった。

「瓶同士がぶつかる音は響くので、敵に感知されないように気をつけましょう」

「はい。しっかり布でくるんで移動します。この作戦、絶対に成功させたいですから」

鉱夫たちの目つきは真剣になる。

食事もゆっくりと楽しむ余裕はない。数日前、盗掘者と鉢合《はちあ》わせた若者がひとり、襲われたのだった。

袋だたきにされた若者は、今でも家で寝付いたまま。仲間を傷つけられ、鉱夫たちも殺気立っている。

「午後には手伝いの工兵を入れます。みなさんは指定された場所まで彼らを案内して。一時的に帰り道をしめす印をいじらせてもらうから、迷子にならないように。情報の共有だけはしっかりとね」

「かしこまりました」

ベアトリスは己の従者に視線をよこした。

「ギャレット」

「俺が工兵とあなたがたをまとめる役割を仰《おお》せつかった。まず危険を感じたら即座に待避してくれ。戦うよりも命を優先してほしい。作戦決行日は、ひとりひとりに指示を出す。自分の役割が終わったらカルマ山をすみやかに離れてほしい」

ギャレットはてきぱきと指示をくだす。

鉱夫たちは、自分よりもずっと年下のギャレットの言葉に真剣に耳を傾けている。彼の淡々としたしゃべり方は高ぶる気持ちをおさえ、人を冷静にさせる。

（ここは安心して任せられそうね）

ギャレットは鉱夫や工兵たちのひとりひとりに気を配った。罠を設置して敵を待ち受ける作戦は仕込みが勝負だ。緻密にぬかりなくやりとげる。人為的なミスはなにごとにも起こりうるため、仲間内との認識をこまかくすり合わせておかなくてはならない。

ギャレットは人のわずかな変化も見逃さず、不安がっている鉱夫に声をかけたり、経験豊富な工兵たちの意見を聞き入れ、ベアトリスに漏《も》らさず届けた。

数日をかけて罠をしかけ終えると、ギャレットは言った。

「女王陛下。今夜、敵が入ってくるはずです。カスティア側の山沿いに荷車が止まっています。木陰に隠したつもりでしょうが……。新しい坑道を開くために火薬を使ったことが盗掘者たちに伝わったのでしょう」

「作戦通りね。……あとは頼めるわね」

これ以上は、足手まといになる。ベアトリスは己の引き際《ぎわ》をしっかり心得ていた。

「お任せを。必ず盗掘者を捕らえます」

ギャレットはさえざえとした青い瞳で、ベアトリスを見つめた。

鉱山は女王の黒鳥がはりめぐらせた罠だらけだ。誰一人逃れることはできないだろう。

「頼んだわよ、私のギャレット」

ベアトリスは目を細めた。

今夜には終わるだろう。そして、良い報告を持って王宮へ凱旋《がいせん》できるはず。

ギャレットを鉱山に残し、ベアトリスは村への道をたどる。ふと視線を感じて、彼女はふりかえった。

案内役の鉱夫がけげんな顔をする。

「女王陛下。いかがなさいました？」

「いえ……なんでもないわ」

なんだろう。この胸騒ぎは。

ベアトリスは口をつぐんだ。なにかが心に引っかかる。そのわずかな違和感が、彼女を不安にさせていたのだった。

*

銀髪の青年が、ゆっくりとしゃがみ込んだ。

小さな女の子が不安そうに青年を見つめ返す。少女の腕には、キャベツの酢漬けが入ったガラス瓶があった。大事そうに抱きかかえると、舌っ足らずな調子でしゃべりはじめる。

「これを、お父さんに届ければいいの？」

「そう。できるね？」

「でも……子どもは、山に入っちゃいけないって、お母さんが……」

「大丈夫だよ。鐘も鳴り終わって、危ないのは終わったんだ。それよりお父さんがおなかをすかせたら大変だろう？」

女の子はおずおずとうなずいた。

青年――ルーク・ベルニは張りついたような笑みを浮かべ、少女の頭を撫《な》でる。

少女が瓶を抱え直すたびに、服の飾りボタンとぶつかる、かちん、かちんという音がする。

「暗くなってからじゃ大変だからね。すぐに行って届けておいで」

「わかった」

少女の背中を見送ると、ルークは目を細めた。

ここ数日のベアトリスの作戦準備で、坑道は迷いやすくなっている。目印は消され、明かりはおさえられ、道の一部は封鎖された。あの少女はたやすく出てこられないだろう。しんとした坑道内は、わずかな音も響く。ガラス瓶がボタンや鞄とぶつかる音。誤って取り落とし、ガラスが割れる音などはことさら大きく。危なっかしいあの様子では、そうそうに少女は過《あやま》ちをおかすだろう。罠《わな》にかかるか、敵に見つかるか、そのどちらか。

（まったく……甘いことだ、サミュエル殿下は）

――ルーク。姉さんを手助けしろ。姉さんに能力を買ってもらうんだ。お前を王杖《おうじょう》にしたいと思わせろ――。

それがサミュエルの命令だった。

ルークは主君の命《めい》にうなずき、ベアトリスを追って王宮をあとにした。供もつけず、ひっそりとカルマ山の近くの安宿に身を潜《ひそ》め、女王の動向をうかがっていた。

手助けをするためではない。

(ベアトリス陛下が、今更私を王杖にするわけがない)

それがルークの答えだった。

サミュエルは王位を継ぐ者のなかで一番不利である。年齢的にも、能力的にも。サミュエル派の貴族たちはそれを歯がゆく思っており、いつアルバートやベアトリスが弟にするどい牙を向けるかを恐れていた。

サミュエルは姉の愛情を手に入れ、リルベクを我が物にしたがっている。悪い考えではない。だがそれには必ず長子アルバートの横やりが入る。

ベアトリスはそれがわかっているからこそ、ルークを選ぶことはない。

「……王冠はひとつでいい」

ルークはつねづねそう思っていた。三つの王冠は三つの輪となり、複雑に絡《から》み合い宮廷を混乱させる。

ベアトリスを己の派閥《はばつ》に入れるなどなまぬるい。女の王など本来は中継ぎに過ぎないのに、ずうずうしいのだ。王冠は、必ず返してもらう。

「まずは、ベアトリスからだ」

そしていずれはアルバートを。事は順序だてて執り行わなくてはならない。

すべては、正しい歴史に導くため。

「子どもひとり。尊い犠牲だ。私はその犠牲を忘れない」

ルークは小さな命のために、神に祈った。偽善的で自分勝手で、救いようのない祈りであった。

＊

屋敷内がなにやら騒がしく、ベアトリスは使用人に様子をたずねてくるように頼んだ。

「どうしたのでしょう。今日は大事な日だというのに」

侍女のひとりがベアトリスの髪をくしけずりながら言う。

体力仕事で疲れ切ったベアトリスは久々に湯に浸《つ》かり、夜着に着替えたところだった。

ずっと感じていた胸騒ぎがまた頭をもたげる。自分が心配性なだけだと思いたいが。

不安そうな顔で戻ってきた使用人が、報告をする。

「陛下……。なにやら村の子どもがひとり、行方《ゆくえ》がわからなくなってしまったようで」

くなる。


「子どもが？」

「はい。坑道に入っていないと良いのですが……」

ベアトリスは表情を変えた。縦穴《たてあな》にいくつも罠をしかけている。

アルバートなら、作戦のためなら子どもひとりくらい無視をするだろう。サミュエルなら部下に命じて様子を見させるか。ベアトリスは、こういうときいてもたってもいられなくなる。

ギャレットに伝えなくてはならない。

「伝令に出せそうな者を探しに行きます」

「陛下、私たちがまいります」

「あなたたちは念のため、村で情報を集めて。子どもが見つかったらすぐに私へ伝えてちょうだい」

「ですが」

こんな時間になっても子どもが帰ってこない。村の中はくまなく探したはずだ。使用人たちの話では、子どもは家族にしかられるとか、特段変わった様子もなかったようだ。普段から父親にべったりの娘であるという。

「父親は今回の作戦で案内人をつとめている鉱夫のひとりです」

「追いかけて、鉱山に入ってしまったのかしら。急いで私の着替えを出して」

のんびりと屋敷に身を置いている場合ではない。縦穴の罠の仕組みを知っているのはごくわずかな人数だけなのだ。作戦に参加していない村人たちが鉱山に探しに入っては巻き添えを食らうだろう。

カーテンを開ければ、明かりが群れとなってあちこちをさまよっている。すでに村中の人々が、いなくなった子どもを探し回っているのだ。

「……騒ぎは大きくなっているのね」

「はい」

「伝令だけでは足りないわね。罠の場所を把握している私が坑道に入ります」

村長があわてたようにやってくる。

「女王陛下。おやめください。盗掘者と鉢合《はちあ》わせたらただではすみません」

「子どもが危ないわ」

「我々で必ず探し出します。どうか、ここに留《とど》まって……」

今、カルマ山に人を入れたら被害をさらに大きくさせるだけだ。ベアトリスは首を横に振った。

「少しの間探すだけよ。子どもの名前は？」

「……陛下……後生ですから……」

「子どもの名前を聞いているのよ」

ベアトリスは強い口調でたずねた。

時間がない。今こうしている間にも、刻一刻と罪のない子どもに危険が迫っている。

彼女の新緑の瞳ににらまれては、誰も逆らえない。

「クレア……クレアです、陛下。鉱夫の娘で、まだ五つの……」

「どうもありがとう。着替えるから出てちょうだい。馬を用意して。鉱山の入り口まで飛ばします」

侍女たちが村長を閉め出してしまうと、すぐさま着替えにとりかかる。髪をぞんざいに結い上げ、ブーツに足を入れるなり、彼女は部屋を飛び出した。

＊

明かりを小さくして、ギャレットは耳をすませていた。

静寂《せいじゃく》を打ち破るように、いくつかの悲鳴がこだましている。爆発音と共に、なにかにせきたてられるように響く足音も。

悲鳴が近くなったところで、ギャレットは立ち上がった。背負っていた銃を構える。

彼が待機している部屋の入り口はひとつしかない。カスティア側から入山し、ベアトリスの仕掛けた罠に逃げ惑えば、体力をたっぷり消耗してこの部屋にたどり着くはずだ。

盗掘者を燻《いぶ》り出すための干し草に火をつけた鉱夫は、予定通り事前に掘っていた壕《ごう》に身を隠しているはずだ。入ってくるのは盗掘者のみ。

最初のひとりは、確実に狩れる。

(殺さないで生け捕りにするのは面倒だが)

次の動きを予想する。罠から逃れようと部屋になだれ込んできた盗掘者の肩を撃つ。ひるんだところで後方にいるもうひとりをしのばせていた短剣で突く。何人残っているかはわからないが、彼らから武器を奪うことができれば勝機は見える。

ギャレットは軍人ではないが、ベアトリスを守るために訓練を受けている。自ら志願して、その技術を身につけた。廃墟の塔を守る衛兵に交じり、あらゆる武器の使い方を身につけ、常に女王の身辺に気を配った。こういった作戦はこれが初めてではない。

自信はあった、はずだった。

悲鳴のうちのひとつが、甲高《かんだか》い子どもの声だと気がついたとき、ギャレットの銃を構える腕がぶれた。

扉を蹴破って部屋に入ってきた屈強な男たち。小さな女の子が、男の腕にぶらさがるようにして抱きかかえられていた。胸元にはしっかりとガラスの食糧瓶を抱きしめており、彼女が震えるたびに、エプロンドレスのボタンとぶつかってかちかちと鳴った。

(なぜ子どもが)

あれはイルバス人の子どもか。入山は禁じたはずである。

弾は撃てなかった。子どもの頭に銃口を押しつけられていては、どうすることもできない。


「子どもを殺されたくなかったら銃を下ろせ」

カスティア語である。泣きじゃくる少女に向かって、ギャレットはイルバス語でたずねた。


「どうして山に入った。禁じられていたはずだ」

「お……お父さんが、お弁当わすれて、おなかがすいているって……」

子どもはイルバス語で答えた。国境付近の村なのでどちらの言語も堪能《たんのう》な者が多いが、鉱夫が父親となるとやはりイルバス人だろう。

山に迷い込んだところで、盗掘者と鉢合わせたか。

部屋に入ってきた盗掘者は三名。全員が男性である。思ったよりは人数が少なかったが、まだ鉱山の中で迷っている者もいるのだろう。

ギャレットはカスティア語で言った。

「カスティア人の立ち入りは禁じられている。子どもを解放しろ」

「もともとカルマ山はカスティアの山だ。それをお前たちが奪ったんだろうが。卑怯《ひきょう》な罠なんかしかけやがって」

「お前たちは盗掘者だ。取り締まる必要がある。鉱夫に襲いかかり、そうして子どもを人質にとる」

「鉄が必要なんだ。カスティアにはもっと多くの鉄がな」

「戦争をするためか？」

「答える必要はない」

「あきらめろ。カルマ山は包囲されている。外に待機していた仲間はすでに逮捕されているはずだ。坑道の中は罠だらけ、外に出ることはかなわない」

「俺たちはこれからどうなる？　よくて流罪《るざい》、最悪は死罪となるんだろう。本国には帰れない」

「それだけのことをした」

ギャレットは淡々と続けた。

「本国に帰りたいか？」

ギャレットはためすようにたずねた。

子どもがいる。作戦を変更せざるをえない。

ギャレットは銃口を下に向け、敵意がないことをしめした。

「お前たちが協力する姿勢を見せるなら、処刑などさせない」

「嘘をつくな」

「本当だ。カルマ山はいずれイルバス軍の管理下に置かれることになるが、俺たちはまだ山の事前調査に入っただけにすぎない。お前たちは素直に従って証言してくれさえすればいい。協力するならうまいこと俺が取り計らってやる。目的と、今までどの程度の量の鉄鉱石を盗掘したか」

ギャレットは、うかがうようにして続ける。

「……そして、高炉は誰が動かしているかだ」

盗掘者たちは顔を見合わせた。おそらく彼らはどこかの組織の末端で働いているだけだ。ニカヤという国家を手に入れるためという大きな志《こころざし》もないだろう。

「知らないね。俺たちはただ暮らし向きのためにやっただけだ」

そうかもしれない。こういう仕事は、わずかな賃金を握らせ、死んでも誰にも見向きもされないような連中にやらせるのだ。首謀者が仲介人に金を渡し、仲介人が人を集めてくる。大元の雇い主は今もカスティアの国内でのうのうと過ごしているだろう。

「だが、先ほどの口ぶりからして、たかが盗掘で最悪の場合は処刑されるくらいに危ない橋を渡っていることは、知っていたわけだ」

つまり武器を作るために。鉄鉱石が加工されたその先の行方を、少なくともこの男たちは知り得ている。

日々のちょっとした小遣《こづか》い稼《かせ》ぎが目的でほんのわずかな鉄鉱石をくすねていたのなら、

アルバートの耳に届くような大きな騒ぎにはならない。彼らが行ってきたのは、れっきとしたイルバスへの敵対行為だ。

男たちは言葉を呑み込む。相当な覚悟を持って山に入らせるため、雇い主がある程度の事情は話していたのか。子どもの命を盾《たて》にしても助かろうとしているのがその証拠だ。

「鉄鉱石だけを盗み、加工もせずにそのままにすることはないだろう。本当に知らないというのなら、せめて仲介人の名だけでも出してもらいたい。お前たちの雇い主だ。それで全員が助かる」

「仲介人は、助からないんだろう」

「そいつ次第だ」

「信用ならない」

「おい、いいのか……今従っておけば助かるんじゃないのか」

ひとりが、怖《お》じ気《け》づいたように言う。その一言で、三人の男の間で意見が割れた。

「イルバス人の言うことを信じろというのか」

「だけど、仲介人に義理立てする必要なんてないだろう」

「今ここで吐いたって命が助かるかわからないんだぞ」

不穏な空気を感じ取り、火が付いたように少女が泣きだした。くそっ、と男は悪態をつくと、少女の首に腕をまわす。

「やめろ」

ギャレットは声を低くした。

「子どもを解放しろ。俺から女王に量刑の軽減を求めてやる。約束する」

「女王ひとりか？　国王は？」

「……」

年長者の男は、ためすようにたずねる。

「イルバスには王がふたりいる。罪人の処断は今どちらの王が執り行っている？」

「それぞれが統括する地域の王が……」

「では、カルマ山はどちらだ。国王アルバートは、罪人には容赦《ようしゃ》ない罰を与えると有名だぞ」

アルバートだ。本来だったらアルバートがこの盗掘事件を片付けるところを、ベアトリスへ任せたのだ。ニカヤに援軍を出すことを良しとせず、国璽《こくじ》を押さなかった代わりにあてがわれた仕事だった。

「……国王陛下だ。だが、今回のカルマ山の調査は女王陛下の采配のもと行われている。罪人の処遇なども女王陛下が決められる」

ギャレットは子どもに目をやってから続けた。

「女王陛下は慈悲深いお方だが、イルバス国民が傷つくようなことはけして許されない。

すぐに子どもを解放するんだ。それが、己の命を守るためだ」

「お前は女王のなんだ？　ただの部下か？　お前が王の言葉を代弁できるのか？」

ギャレットは言葉に詰まった。

ただの一従者だ。王杖であれば、彼らの罪を軽減することも、本国へ返すか否《いな》かも、王の代わりに決められる。

罪を軽くするよう、王にとりなしてやる——。その言葉だけでは弱いのだ。ギャレットは王ではないし、王に次ぐ者でもない。現状、ただのベアトリスの小間使いにすぎない。

己の立場では、交渉するにもなんの説得力もない。

「いかにも女王が俺たちを助けてくれるような口ぶりだが、それをお前が保証できるのか？　どこの貴族のお偉い方なんだ、ええ？　お前の口からでまかせの一言を、どうやって信用しろというのだ」

「それは……」

「嘘ばかりつきやがって。これだからイルバス人は嫌いなんだよ！」

ギャレットはとっさに銃をかまえた。実力行使するほかなかった。

盗掘者がギャレットに銃口を向ける前に、彼は相手をすばやく狙撃した。大きく一歩を踏み出す。子どもの腕を引き、己の背に隠した。ガラス瓶が割れるけたたましい音と共に、酢漬けのキャベツが床に散らばった。酸っぱい匂《にお》いと血の匂いが入り交じる。

盗掘者が次々とギャレットに襲いかかる。男のひとりが、斧《おの》を持った手をふりかぶった。

まずい、と心の内でつぶやいたと同時に、自分の名を呼ぶ声がする。

「ギャレット‼」

銃声と共に、男がくずおれた。脇腹をおさえ、くぐもった苦悶《くもん》の声をあげている。

「女王陛下……」

ギャレットは目を見張った。

ベアトリスだった。銃をかまえ、蒼白《そうはく》な顔をしている。

「あなたは屋敷で待機しているはずでは」

「状況が変わったの。間に合って良かったわ」

工兵たちが次々と小部屋へ入り、盗掘者をしばりあげた。

恐怖のあまり震えが止まらない少女を見るなり、ベアトリスはしゃがみ込んだ。

「クレアね。こちらへ来なさい」

少女はベアトリスの胸に飛び込んだ。なだめるように背をさすってやり、ベアトリスは彼女を抱き上げる。

「ひと安心だわ。罠にかかっていなくて良かった。明かりを灯《とも》しなさい。このまま盗掘者の残党を狩るわ」

ベアトリスは盗掘者に向き直った。

彼女のマントを留める、大ぶりのブローチ。金細工の、ベルトラム家の家紋がきらりと光る。

「協力する姿勢を見せれば、私はあなたがたの命を奪うようなことはいたしません」

盗掘者たちはしんと、静まりかえった。

「何人で入ってきたの？　正直におっしゃい」

ベアトリスに向けて、盗掘者は吐き捨てるように言う。

「時代が違えば、泥棒は俺たちか。イルバスはカスティアからあらゆるものを奪ってきた。食い扶持《ぶち》も、鉄も、武器もだ。六十年前の戦争の後、俺たちの国から武器がごっそりと消えたんだ。長い間カスティアは戦う力を失うことになった。あんたらが犯人だろう？」

「無駄口を叩くな。質問にだけ答えろ」

ギャレットが銃口を向ける。

ベアトリスの威厳に気圧《けお》されたのか、盗掘者はおとなしくなった。あるいは、本当にベルトラムの女王がこんな場所へやってくると思わず、驚いたか。どちらもかもしれない。

（ごっそりと消えた武器とは、おそらく――）

ベアトリスもわかっているのだろう。目を細めて続ける。

「助かりたいのでしょう？　それならば指示に従いなさい。何名で入ってきたのかと質問しています。罠にかかったまま動けなくなったのは、何名？」

「……七名だ」

「探して」

工兵と鉱夫が動き出す。

「クレア。あなたはお父さまとこの部屋で待機していなさい。安全が確保されるまでは、かえって山を出ない方が良いでしょう」

クレアの父親は鉱夫のひとりだった。娘を抱いて、ひたすら頭を下げている。

「うちの娘がご迷惑をおかけして、申し訳ございませんでした」

「いいのよ、無事だったなら。ギャレット、ふたりを警護しながら残りの七名を捕らえるまでここで指揮を」

「御意《ぎょい》」

父親と再会してほっとしたのか、クレアの表情に笑みが見える。ベアトリスは彼女の柔らかい髪を撫でてやっていた。

ギャレットはベアトリスの隣に腰を下ろした。銃に弾を込め直しながら、親子の様子をうかがう。

子どもが死ねばベアトリスは己を責めただろう。つくづく、助かって良かったと思う。

敵と相対する以上、多少の犠牲はやむをえない面もあるが、ギャレットとて小さな命が失われるのは本意ではない。

「どうして山に入ったんだ。あれほどだめだと言われただろう」

父親に言われ、クレアは再び涙目になる。

「だって……お父さん、お弁当がなくって……」

「お父さんはきちんとお弁当を持っていったぞ。お母さんじゃないだろう。誰にそんなことを聞いたんだ」

「お兄さん。銀色の髪の……」

「うちにお兄さんなんていないだろう。嘘をつくんじゃない」

クレアはなにかを言いたそうに、口をもごもごとさせている。

また泣きだされては面倒なことになる。ギャレットが口を開こうとする前に、ベアトリスがとりなしてやっていた。

「あまり叱《しか》らないであげて」

「まったく。怒られると思って、都合良く嘘をついているんですかね。陛下の作戦を台無しにするところでしたのに」

「結果的に盗掘者は無事に捕らえられたのですもの。気にすることはないわ」

——そうは言っても、ひやひやしたが……。

ベアトリスの助けがなければ危うかったかもしれない。ギャレットは銃を抱え直した。

もっと鍛錬に励む必要がある。

従者として。王杖のいない彼女を守れるのは、今のところ自分だけなのだ。

（王宮でも……陛下はずっと孤立していた。いざというとき、王杖がいなければ誰も彼女を守れない）

ベアトリスは臣下にすべてを任せず、自らが動く王だ。彼女自身がそうすることを好むせいでもあるが、一番の理由は、信用のおける家臣が少ないせいである。

誰も信用することができない王は、その身を晒《さら》して動くほかない。

今回はたまたま無事に事が済んだが、この先の保証はない。

しょせんいち従者であるギャレットのできることなど限られている。今回のように。盗掘者をおさえることすらままならないとは。

ベアトリスには、王杖が必要だ。

ギャレットは手のひらをきつく握りしめた。

その力が自分にないことが、ひどくもどかしかった。

＊

ベアトリスの作戦により、十名の盗掘者が捕らえられた。山のふもとに停められた荷車の近くに待機していた者も含めると、盗掘者たちは総勢二十五名にも及んだ。

度重《たびかさ》なる尋問《じんもん》により、彼らは武器を製造するための鉄を欲《ほっ》していたこと、雇い主についても情報を吐いた。高炉を動かすための莫大《ばくだい》な資金は、ニカヤ国から亡命した裏切り者たちが拠出していたのである。

馬車の揺れに身を任せながら、ベアトリスはため息をつく。

ギャレットはかたわらで、調書に目を通している。これを王宮の議会で提出するために、彼は徹夜でまとめあげたのだ。

「少し眠りなさい。無理をさせてしまったわ」

「陛下こそ。俺の調書をすみずみまで確認なさっていたではないですか」

「よく書けていたから感心していたのよ」

事実であった。ギャレットは、報告書の作成や議会へ提出する書類の草案をベアトリスに代わってやるようになった。以前は抜けのある箇所や案の弱さが目についたが、今ではしっかりとしたものが仕上がってくる。

（……六十年前の戦争から行方《ゆくえ》不明となった武器についての証言は、報告書に書き入れていない。本当にしっかりした従者だこと）

ギャレットがいたからこそ無事に作戦を遂行《すいこう》できた。彼に感謝をしつつも、イルバスにとって状況はあまりかんばしくはない。

ギャレットは難しい顔をしている。

「しかし、ニカヤは思った以上に危機的状況を迎えていますね」

盗掘者からの情報により、カスティア側は武器が揃い次第すぐにでもニカヤへ攻め入ろうとしていることがわかった。

天災で多くの働き手を失い、復興に向けて手一杯のニカヤ国の弱みにつけ込んで征服し、新大陸への侵攻に向けた中継地点にしようとするカスティア。

「ニカヤの地理的条件はたしかに魅力的だわ。今までは国力がたしかなものだったから、どこの国も手は出せなかった。でも今は足をすくわれかけている」

穏健派のニカヤ国王は、肝心なところで一歩を踏み出せない。そして国の財のほとんどを復興につぎ込もうとしている。ニカヤ人の貴族や富豪たちは己の財産の多くを税金で徴収され、王に反発したのだと言う。

「結局その者たちはカスティアに本国を売ったというわけですね」

高炉を動かすための資金を拠出し、自分たちはニカヤから離れた安全な場所へ逃げ込んだ。国の情報も売っているだろう。

「……せめて鉄鉱山を盗掘から守ったことで、彼らが動き出すのを少しでも遅らせることができれば」

「盗掘を支援した罪で、該当《がいとう》するニカヤ人を引き渡すようにカスティア側へ要請をかけます」

ベアトリスは盗掘者たちを処刑するようなことはしなかった。しばらくはイルバスの監獄暮らしだろうが、いずれ彼らはカスティアへ戻れるだろう。

ギャレットが熱心に、量刑を軽減するように訴えていたこともある。

「あなたに、罪人の処断も任せられたら良かったわ」

「……それは、王杖の仕事です」

「そうだったわね」

失言だった。彼は王杖にはならないと、自分にはっきり言ったではないか。

ベアトリスは頭を抱えた。どうやら、相当に疲れているらしい。

「……少し眠らない？　正直もう限界みたいなの」

「俺もです」

鉄鉱山での作戦は、さすがに体力を使った。

目を閉じて、ベアトリスはすぐに意識を手放した。ギャレットも同じだったようで、ふたりでしめし合わせたように眠りに落ちる。

侍女たちは目を見合わせるとくすりと笑って、ベアトリスとギャレットの膝に、薄い毛布をかけてやった。

議会の報告役は、作戦の功労者であるギャレットに任せた。

できるわね、というベアトリスの言葉に、彼は少し遅れて「はい」と返事をしたのである。

ベアトリスの王杖の問題は別にしても——ギャレットの能力の高さは、公《おおやけ》の場で認めさせるべきだと思ったのだ。

朗々となめらかにカルマ山の盗掘事件について語るギャレットを、リチャードとサミュエルは面白くなさそうにながめていた。

ギャレットはベアトリスの想像以上に、立派にやりとげた。

「少し散歩するわ。あなたも好きに過ごしてちょうだい」

「かしこまりました」

ギャレットにそう告げると、ベアトリスは歩き出した。彼に目配せされた侍女が、あわててついてくる。

＊

盗掘事件にひとつの節目がついて落ち着くと、久々に中庭をながめたくなった。冷たい外気に身を震わせながらも、ベアトリスは石の花の咲き乱れる中庭に足を踏み入れる。

変わりばえしない景色。けれど、変わらない美しさもある。

「冷えませんか」

声をかけられ、ベアトリスは振り返った。表情は変えない。あずまやの向こう、渡り廊下にウィル・ガーディナー公が立っていた。

「リルベクに比べれば、なんてことはございません」

静寂を楽しんでいたが、台無しにされた。内心がっかりしながら、それを表に出さぬようにほほえむ。

「ガーディナー公、あなたもお庭をながめに？」

兄の王杖。おそらく兄が自分へ差し向けようとしている夫候補だ。偽《いつわ》りの笑みを張りつけ、ベアトリスはなごやかに声をかける。

「寒さは厄介《やっかい》ですが、庭園の景色は美しいですものね。石の花はつまらないと、よくお兄さまには言われたものですが……」

「石にも花にも興味はありません。女王陛下を追いかけてきました」

ベアトリスは少々面食らった。こちらとて気を遣《つか》って話題を振っているのだから、少しくらい世間話に付き合ってもいいではないか。

「まあ、私に何のご用でしょうか」

「単刀直入に申し上げます。俺と結婚してください」

「……あの」

「俺と結婚して、アルバート陛下を安心させていただきたいのです。ベアトリス陛下」

からかっている様子もなく、やぶれかぶれになっている様子もない。

彼の瞳は、どこまでも真剣だ。

「イルバスのために、俺を夫に選んでください」

「ごめんなさい。驚いてしまって……。どうしてそのようなことをおっしゃるの？」

「女王陛下が王杖を選ばない限り、国王陛下も動きようがないのです。アルバート陛下は、ベアトリス陛下のためになる奥方を選ぼうとなさっています」

私のためになる奥方、ね。

ベアトリスは心の中で深く息をつく。未来の義姉《あね》は自分の監視役になるだろう。

「ですが、女王陛下が誰を王杖につけるか……その選択しだいによっては……国王陛下のお妃候補を選び直すはめになってしまう。それでは、宮廷中が不幸になります。アルバート陛下も、早く奥方を持って落ち着きたいはずです」

「未来の義姉の手をわずらわせるまでもございません。私のことは気になさらず、お兄さまには心から愛する人と幸せになっていただきたいわ」

本心だった。アルバートはベルトラムの血にこだわりすぎている。固執するからこそ、妹を手の内に入れ、弟の反逆を抑えようとする。

庇護《ひご》する対象が別にできれば、アルバートも変わるかもしれない。

彼は情熱的だ。愛にめざめれば、守るものができればさらに強くなる。

「俺はアルバート陛下に家族を持っていただきたい。独身のうちは無茶をなさるものだ。陛下が結婚され、お世継ぎが生まれれば……夫として、父として、さらに大きく成長なさるはずだ」

「そうなればもう少し、私に対する執着も減ると？」

「……けして、女王陛下に対し、悪い結果にはならないでしょう。アルバート陛下の干渉《かんしょう》は、ベアトリス陛下にとってうっとうしいのでは？」

「ずいぶんはっきりおっしゃるのね」

「事実でしょう。それに王杖がいないままではベアトリス陛下も不便なはずです」

直球すぎて、逆に対応に困る。ベアトリスは眉を寄せた。

ギャレットに、罪人の処断を任せられないか。そう口をすべらせてしまった先日のことを思い出す。ギャレットは優秀な従者ではあるが、王杖ではない。その立場のなさにやりづらい思いをしていることも、承知している。

「たしかに、ままならないことはあるわね」

「国王の王杖であり、公爵家の威光もある。軍は俺の号令で意のままに動く。リルベクが頼みとするなら、俺以上の適任者はいません」

「ずいぶんと事務的なアプローチね」

たしかに、条件で言えばウィルは文句のつけようもなかった。青の陣営のトップを張り、王杖として政務の経験がある。王宮の事情にさとく、リルベクで離れて暮らすベアトリスを支えるには十分すぎるほどである。

アルバートの意思を迅速《じんそく》にくみ取り、ベアトリスの代理で国璽を押すことができれば、あらゆる事案は滞《とどこお》ることなく処理される。

「女王が王杖を選ぶ意味を、理解しての言葉よね、もちろん」

必ずしも王杖と結婚する必要はないが、歴代の女王たちは王杖を夫にした。むしろそうしないと、王配と王杖の間で軋轢《あつれき》が生まれかねない。これは必然的な帰結である。

「ロマンのかけらもないプロポーズですこと」

「すみません。俺はアルバート陛下に言われたからプロポーズしているのであって、実はベアトリス陛下のことは好みではないのです。王としては有能で、仕《つか》えがいのありそうな方だとは思っていますが」

「まあ、どんな方がお好みなの？」

ウィルは生真面目《きまじめ》に言った。

「黒髪の、胸の大きな女性です」

「本当に失礼な方ね」

ベアトリスは思わず噴き出した。

プロポーズしておきながら、自分と正反対の女性をタイプだと言い切るだなんて。少しくらい都合の良い嘘はつけないのか。

「……笑顔は可愛らしいと思います」

彼がぼそぼそと付け加えると、ベアトリスはますますおかしくなってしまった。

疑心に満ちた王宮で、アルバートが彼を好んでそばにおいている理由が、少しだけわかった気がした。

「私はあなたと結婚するつもりはないわよ。せっかくの一度きりの人生、あなただって好きに生きたらいいのだわ。黒髪の胸の大きな女性と結婚すればいい」

「俺は自分好みの妻を持つことより、この王朝を堅固なものにすることのほうに関心があるのです」

「そう……」

偽りのない彼の意志だった。プロポーズの言葉に粉飾をほどこさなかったのも、彼なりの気遣いだったのか。愛のない結婚だと最初からわかっていれば、互いに割り切れる。偽りの愛で相手をだまし、手中におさめたら突き放してしまうよりよほど良い。

「アルバート陛下は優秀な国王です。時に短気で手のつけられないところもありますが、肝心なところでは絶対に判断を誤らない。今でも共に反乱の鎮圧へ向かった初陣《ういじん》での勇姿を思い出します。陛下に命を預け、快進撃を見続けていたい。アルバート陛下がベアトリス陛下を必要とするなら、俺もあなたを求めます」

ウィルは軍人だ。より強い存在に惹《ひ》かれる。命を預けて共に戦場を駆けたいと願う主君、それは彼にとってアルバートなのだ。

「あなたを手に入れたあかつきには、生涯をかけて大切にします。たとえ好みでなくとも」

「最後のひとことは余計よ」

彼との結婚生活は容易に想像できる。

ウィルは心からアルバートを崇拝するがゆえに、彼の妹であるベアトリスをなににかえても庇護するだろう。

彼と結婚して、廃墟の鍵を守る役目を放棄できれば、自分の人生は驚くほどに楽になる。

「あなたの重責を、俺がかわりに担《にな》います。あなたの王配として」

「……私の責任は、私だけのものよ」

兄の王杖と結婚すれば、弟は立場をなくしてしまう。おそらくサミュエルが戴冠《たいかん》する前に事をすませたいのだろうが、ベアトリスとて、そのようなたくらみに加担《かたん》することはできない。

「承知いたしました」

　ウィルはさっぱりと言った。

「……わかってくれたの？」

「俺は勝手を申し上げましたが、ベアトリス陛下にとっては重要な問題なので。一応主君に命じられたからには求婚はしなければなりませんが、ベアトリス陛下にはベアトリス陛下のご意志があります」

「黒髪で胸の大きな娘があきらめきれないのではないの？」

「まいったな。こだわりますね」

　ウィルはそのときになって、初めて破顔一笑した。ベアトリスをこらえきれずに笑わせてはいるものの、本人は一度も笑ってなどいなかったのだ。

「あなたといると、飽きないとは思うのだけれど、残念ながらその求婚はお受けできないわ」

「……わかりました。本当に困った状況になったときは、俺を頼ってください。青の陣営をあげて、お役に立てるよう努力いたします。俺はアルバート陛下の臣下であると同時に、ベアトリス陛下の臣下でもあります。ベアトリス陛下にとっては信用ならないかもしれませんが」

「そんなことはないわ」

このような裏表のない人物が、赤の陣営にいれば助かるのに。

そう思ったが、言えなかった。誤解をさせる物言いになる。

「ただ、この王朝はとても……複雑で、もどかしいのよ」

「はい。その通りだと思います」

ウィルは付け加えた。

「俺はイルバスという国に忠誠を捧《ささ》げ、アルバート陛下の王杖となりました。主君の不幸を望む臣下はいません。どういう形であれ、アルバート陛下とベアトリス陛下。……そしてサミュエル殿下が幸福であることを願います」

なんとやりづらい相手。出世の下心だけで近づいてくる者なら、問答無用で無視できるものを。

「ありがとう。お兄さまにいやな報告をすることになるわね」

「慣れています。女王陛下がお気になさることではございません。それでは、御前を失礼いたします」

ウィルは深く礼をすると、大広間へ向かって歩き出した。軍人らしい迷いのない歩き方であった。

＊

ベアトリスの鉄鉱山での作戦の成功を祝して、夜会が開かれた。

会を催《もよお》させたのはアルバートである。肝心の主役であるベアトリスはまだ大広間に現れていない。

ベアトリスをねぎらうための会であったが、事実上はいつも通りの舞踏会である。令嬢たちはたっぷりとめかし込み、男性たちは女王の到着をそわそわと待っている。なにせ今のベルトラム家のきょうだいは全員が独身なのだ。

野心に満ちた視線に辟易《へきえき》しながら、サミュエルは壁に体を預けていた。

モスグリーンのジャケットに、エメラルドの宝石飾り。長めの髪をゆるくリボンで束ねた彼は、令嬢のひとりもダンスに誘うことなく、腕を組んでいる。

聞くともなく聞いていた音楽。目を閉じることをやめ、サミュエルは仕方なく口を開いた。

「ご機嫌はいかがですか？　兄さま」

隣に立たれたのだから仕方がない。立派な椅子の上でふんぞり返っていてくれればいいものを、アルバートはこういった場では歩き回るのが好きだ。

「すこぶる良いさ。この場に足りないのは赤の女王だけだ」

アルバートはすらりとした体軀《ぐんじょう》を群青の夜会服で包み、目を細めて場をながめている。女性陣の熱い視線が、こちらに集中するのがいやでもわかる。

アルバートは結婚にも前向きで、ダンスや、お見合いめいた晩餐《ばんさん》の誘いも基本的には断らない。候補はたくさんいたが、誰が選ばれてもおかしくない状況だった。

いつかは身を固めるつもりだろうが、まだ選びかねているのはベアトリスの出方をうかがっているからだろう。アルバートの妻は、ベアトリスの義姉《あね》になる。彼女を監視する――もとい、彼女の力になる任がつとまる家の娘を娶《めと》りたいはずだ。

そうして節操なく、もとい積極的に誘いに乗るアルバート。普段は豪胆な王が、ふたりきりになると優しいともっぱらの評判だ。

女心をいとも簡単につかみ、離さない。

だが、サミュエルにはわかっている。結局アルバートは、女たちに関心などないのだ。自分の治世に水を差すような存在でなければ、だれでも構わない。だからこじれるような恋はしない。

彼にとっては、女性との逢瀬《おうせ》も役割の延長でしかなく、恋ですらないのかもしれない。

「トリスにベルニ伯爵の長男をさしむけたそうだな」

ワインに口をつけて、兄は世間話でもするように言う。

「いけませんか？　姉さまの将来を案じてのことです」

「いけなくはないさ。トリスが誰を選ぶかは彼女の自由だ」

「本心とは裏腹ですね」

「お前はいつから人の本心をのぞけるようになった？　妄想癖《もうそうへき》もたいがいにしたほうがいい」

「根拠のない勘を信じる兄さまには言われたくないな」

アルバートは面白がるようにして笑う。そして、静かに笑みを消した。

「鉄鉱山で捕らえたカスティア人の言うことが正しいのなら、ニカヤは危機的状況だ。トリスが援軍の派遣をしぶるのは、お前がいるからだ、サミュエル。俺とトリスの足を引っ張るな」

「国璽《こくじ》を押さなかったのは姉さまの意志だ」

「お前はこの王朝にとって、余計な存在だ」

言い聞かせるように、ゆっくりとしゃべりはじめる。

勘違いするな、思い上がるな。

お前の入る隙《すき》などないのだ、とでも言うように。

「兄さまの案に反対しているのは、姉さまも同じだ」

「トリスの本心ではない。サミュエル、お前なんぞよりも俺のほうがよほどトリスのことをわかっている」

「お得意の『勘』違いでは？」

アルバートは声を低くした。

「お前が生まれるずっと前から、俺たちは兄妹として絆《きずな》を深めていたんだ。俺の王朝を支える、優秀なパートナーとして。あの娘を女傑《じょけつ》にし、俺の一番の部下と結婚させ、強固なベルトラム朝を作り上げる。彼女は俺の妹であり、俺の相棒であり、俺の血の複製品だ。そういった意味では、妻よりも大事な存在だ。妻や恋人はしょせん他人だからな。気に入らなければ替えが利《き》く」

さも当然のように語るその言葉。サミュエルは嫌悪感をしめした。

「女性を物のように語る、あなたの言い草を今日のゲストに聞かせてやりたいですよ」

「仕方がない。ベアトリスは妹なのだから」

「……僕だって、あなたの弟ですよ」

「お前は男だ。男は己の内に呑み込めない。残念だったな、妹だったら思う存分かわいがってやれたのに。王位継承を拒否するなら、考えてやらなくもない。お前と『恋人』に、宮殿でもくれてやろうか。カミラのときのように」

「お断りだ」

サミュエルは兄をにらみつけた。

少しばかり声が大きくなり、注目が集まる。

「やめたほうがいい、表向きは仲良くしておかないとな。俺たちがさわげば、波紋のように周囲に伝わってしまう」

アルバートはサミュエルの頭を乱暴になでる。サミュエルは、むきになってその手から逃れようとする、かわいらしい子犬に見えることだろう。

じゃれ合うふたりの様子に、ほっとしたような顔をする家臣たち。

なんとばかばかしい、この兄弟のしがらみは。

「トリスはその点抜け目がない。姉をよく見習っておけ」

手だけは弟をからかうふりをしつつ、アルバートは目を据わらせる。

軍備拡大に向けてすぐにでも動き出そうとする兄と、断固反対の弟。ふたりに挟まれたベアトリスは、問題を先送りにして、静観の姿勢をとった。

「お前さえいなければ、トリスは俺の案に賛成したはずだ。国内の足場固めは彼女に任せ、俺は軍を動かすだけで良かった。お粗末な案で俺の足を引っ張るなよ、サミュエル」

緑の瞳は、残酷なまでに冷たい光がやどっている。

サミュエルは作り物の笑顔を張りつけたまま、言い返した。

「どうだか。兄さまが主催した会にも、姉さまは堂々と遅刻なさっている。兄さまが思っているほど、連携など取れていないのではないですか？」

「お前こそ、国に有事があったさいにトリスが頼るのは兄か弟か、一目瞭然《いちもくりょうぜん》なこの状況を焦《あせ》らずにいられるほどお気楽ではあるまい。妹が遅刻するなら、俺は未来の妻でも探しながら悠然《ゆうぜん》と待つさ」

それだけ言うと、アルバートはきびすを返した。熱い視線を自分に送り続けていた女性に、ダンスを申し込んでいる。薄紫の、可憐《かれん》な花模様のドレスを着た、うぶそうなご令嬢。美貌の国王に手を取られ、遠くからでも顔をほてらせているのがわかる。

「……耳まで真っ赤」

サミュエルはジュースを飲み干し、空いたグラスを給仕に押しつける。自分も、いつかは妻をめとらなくてはならない。好き勝手しても文句を言いそうにない、従順でおとなしい娘なら誰でもいい。そう、兄とダンスを踊っているあの子みたいな。ちょっと怒鳴りつければ、さめざめと泣いて部屋にこもってくれそうな子だ。かわいそうな自分に酔って、それでもけなげに夫を支えることを美徳にするタイプ。勝手に自分の人生をドラマチックに仕上げてくれる人間は、こちらが演出の骨折りをする必要がないので楽である。

どうせ誰かを選ばなくてはならないのなら、扱いやすい方がいい。

兄と令嬢が踊っている。恋に酔う令嬢のとろりとした表情が、ちらちらと視界にうつり込む。

そう、あんな子だ。あれは絶対に国政に口出ししそうにない。理想にぴったりの妻。

「最悪だな。こんなところがあの兄との共通点か」

ルークが含み笑いをしながら、新しい飲み物を持ってくる。アルバートとの話が終わるまで、少し離れたところから待っていてくれたのだ。

「サミュエル殿下。お耳に入れたいことがございます」

「何？　せっかく鉄鉱山に派遣したのに、姉さまにごまをすることもできなかったルーク」

「手厳しいですね。こちらをご覧ください」

真っ白なハンカチにくるまれたのは、鉛玉である。サミュエルはそれをつまみ上げようとしたが、血がこびりついているのを見て、あわてて手を引っ込めた。

「汚いな。なんなんだこれは」

「鉄鉱山で、ベアトリス陛下やギャレット殿が使用していた銃の弾です」

「そんなの拾ってくるなよ。誰の血だよこれ。さっさとしまえ」

「……こちらの弾は、現在軍が採用しているものよりも一回り大きいのが特徴です。調べたところかなり古い型の銃に使用するもののようです」

「それで？　別に最新の銃を使わなきゃいけないという決まりはない」

関心のなさそうなサミュエルに、ルークは付け加える。

「カスティアの盗掘者が言うには、イルバスは以前の戦争で多くの武器を略奪したとか。

しかし、その武器についてはどこにも記録がないのです。さらに申し上げると、今回の作戦でベアトリス陛下やギャレット殿たちのために支給された武器はひとつもございません。すべて女王陛下がご自身で用意されました。……女王陛下のもとに、元々このような古い型の銃器があったと推測されます。この弾は六十数年前、カスティア軍が採用していたものと一致します」

「それって……」

ベアトリスは武器を隠し持っている。

なんのため？　なぜ武器の存在を明らかにせず、アルバートたち青の陣営に管理をさせないのか。こういったことは彼女の管轄《かんかつ》ではないはずだ。

「六十年前に行方がわからなくなった武器は相当な数です。銃だけでなく、火薬や大砲も含まれます。ギャレット殿の報告書では、意図的に盗掘者の証言を省いています」

「まさか、姉さまがそんな……」

「国に有事があったさい、ベアトリス陛下が頼るのはいったい誰なのか……。もちろん私は、サミュエル殿下とベアトリス陛下の姉弟の絆《きずな》を信じておりますが……」

サミュエルは顔色《がんしょく》を失った。

優しいと思っていた姉すらも、その心の奥底までは、けしてのぞくことはできない。

「――ルーク」

サミュエルは、しぼり出すようにして言った。

「僕は……どうすればいいんだ？」

ルークはうっすらと笑みを浮かべた。女王の登場を知らせる音楽が鳴り響く。その身をさらに輝かせるような赤のドレスで登場したベアトリスに、来賓《らいひん》たちは手を打って、あたたかく彼女を迎えた。

ルークはうつむくサミュエルにささやきかけた。

「ご安心ください。……赤を緑に、染め上げてしまえばよろしいのです」

＊

王宮の多目的室には、ひとりがけの椅子が二脚。少し離れた位置で、三人の画家たちがそれぞれけんめいに手を動かしている。

ベアトリスは、けだるく椅子に座る兄をながめた。

「動くな。お前の一瞬を描き残そうと努力する画家がかわいそうだろう」

彼はまっすぐに画家たちのほうを見たままである。

「急なお呼びだから、なにごとかと」

「絵を描かせたかった。それだけだ。離れて暮らしているのに、お前は自分の肖像画一枚、俺に送ってこない」

「必要ないでしょう。妹の肖像画など」

「必要かどうかは俺が決める」

兄は一度言いだしたら聞かない。しばらくしてから、ベアトリスはわかりきった質問をした。

「なぜこの場にサミュエルがいないのです?」

「サミュエルの絵は必要ない」

「かわいそうに。あの子はお兄さまに愛してもらいたいと思っているのに」

「俺はそっちの趣味はない」

「そういった手合いのものではございません。家族愛です」

サミュエルがアルバートにかみつくのは、自分に注目させるためだ。病弱でひとり疎外《そがい》された弟は、愛情の示し方がわからない。

画家のため、ベアトリスはなるべく無表情を装い、会話を続ける。

「サミュエルがいない絵なんて飾ったら、緑の陣営の者たちになにを言われるか」

「自分と同じような顔がもうひとりいたら、面白くなって絵を描かせるさ。お前はドレスを着て、俺は軍服を着る。対《つい》になってちょうどいいだろう。ただそれがさらにひとり増えたら滑稽《こっけい》なだけだ。額縁《がくぶち》の中に同じ顔が三つだぞ。正気じゃない」

「お兄さまは、サミュエルのことをわかっていてわざと冷たくあたられる。そういったところは、直していただきたいわ」

「俺は嫌いな奴と無理矢理仲良くするなんてまねはできない。せいぜいできて無視をする、距離をとることだけだ。なのにあちらがわざわざつっかかってくるのだから仕方がない。一度殴《なぐ》り合いの喧嘩でもしてやろうか？　兄弟らしく」

「やめて。私が止めに入らなくてはならないもの。……サミュエルの絵は、私が注文しましょう。完成した絵は記念にリルベクに飾らせます」

「それはそれは。あの弟君はさぞ喜んでモデルになるだろうよ」

ばかにしたような物言いだった。なんのためにベアトリスが弟を気遣《きづか》っているのか、理解しようともしてくれない。

「共同統治なのよ。三人がひとつになれなければ王宮は混乱する」

「なら俺の王杖と結婚しろ、トリス」

画家のひとりが、動かしていた手を止めた。だがそれは一瞬のことで、すぐになにごともなかったかのように作業を再開する。

ベアトリスは、彼らを景色のひとつだと思うことにした。どのみち王宮で見聞きしたことを軽々しく口にするような者たちは選ばれていないはずだ。

「……昨日、ガーディナー公から、飾り気のないプロポーズをされました」

「お前は飾り気がない方が好きだろう」

「好ましい人柄であるようだとは感じました」

「伴侶《はんりょ》なんて、どいつでもそう変わらんさ。しょせんは他人なのだから」

「ご自身の王杖も、誰でも変わらないとお考えですか？　それではガーディナー公も報《むく》われませんわね」

アルバートは面倒そうにため息をつく。

「トリス――」

「お兄さま」

アルバートの言葉を遮《さえぎ》り、ベアトリスは続けた。

「王杖《おうじょう》とは、己の半身にも等しいものです。共に学び、共に歩み、共に国を動かす。血のつながりよりも濃い関係を、己で作っていかなくてはなりません。私にとっては、誰でもいいわけではないの」

「お前が単純な女だったら、楽だったよ」

アルバートはくつくつと笑った。その声を殺すような不気味な笑い方に、ベアトリスは眉をひそめる。

彼は試すような物言いになった。

「お前がかわいがっている黒髪の子ども。ずいぶん男らしくなっていたな」

「ギャレットのことですか」

「議会の間中、暗い目をしてじっと俺とサミュエルを見ていた。なあ、お前はあの子どもと、『共に学び、共に歩んで』きたわけだ。どんなに飾り立てても隣に立てようもない、貧乏人の息子と」

「ギャレットを侮辱《ぶじょく》するのはやめてください。私の庇護《ひご》するリルベクの民です」

「そうだ。お前のかわいいお人形だよ」

「なにを――」

ベアトリスが兄をにらみつけると、彼は勝ち誇ったように言った。

「久々にムキになったな、トリス」

「お兄さま」

「大人になるにつれ、お前はどんどん感情をなくしてゆく。昔は俺にべったりでかわいい妹だったのに。――見ろ、きっとお前の辛気《しんき》くさい顔が、歴史に残る名作となるさ」

ベアトリスの表情を描きとってゆく画家たちは、ただ黙っている。

「意地悪を言うために呼び出したの」

「満面の笑みの幸せそうな女王など、威厳もない。それに面白くないだろう」

アルバートは、一転真剣な表情で言った。

「ウィルは、お前を任せるに十分な男だ。お前が成人するずっと前から、未来の女王のために自らを犠牲にできるような男を捜し続けていた。ウィルはあらゆる分野で俺の期待に応《こた》えてきた。俺の王杖のアテは他にもある。残念ながら、お前とは考えが違うのでな。ただその『他』は、お前とは相性が悪いように思う。悪いことは言わん、ウィルにしておけ」

「そこまでしていただかなくとも結構です」

「楽になりたいだろう。お前の選んだ男では、そうはいかない」

「不愉快だわ。下がらせていただきます」

席を立とうとするベアトリスに、アルバートは言った。

「兄にすべてをゆだねろ。お前のことは、俺が面倒を見てやる。全部俺に任せておけば良い。女が我《が》を張る必要などどこにもないのだから」

「わかったように言わないで」

「ウィルを王杖にしろ。あいつなら、お前が気に入りの人形をそばに置いても怒らない。身の程をわきまえている」

公然と、愛人を持てというのか。どうかしている。

「そんなの、ふたりともに失礼だわ」

ベアトリスは声を荒らげた。

「王だからといって、家臣を、友人をないがしろにして良いわけじゃない。お兄さまは、私のこともないがしろにしている」

「心外だな。俺ほどお前のために心を砕いている男はいない」

「全部自分のためじゃないの。あなたの配下を夫に、あなたの妻は私の監視役になる。そうやって身動きできないようにさせて、私を利用するためじゃない」

「身動きする必要なんてないだろう」

アルバートは悪びれずに言った。

「俺はずいぶんお前の自由を許してきたぞ、トリス。リルベクに住むことも許容したし、拾った子どもを王宮に連れてくるのだって大目に見てやったさ。結婚前に多少の自由を謳《おう》歌《か》するのは人生にとって必要なことだ」

「私は女王です。自分の住まいや家臣を選ぶのに、あなたの許可なんて必要ない。ましてや私の人生の『必要なこと』をお兄さまに決めていただくなんて、だれも頼んでいないでしょう」

「俺は国王だ。共同統治だろう、女王陛下。好き勝手にふるまえると思ったら大間違いだ」

「その言葉、そのままお返しするわよ」

ふたりが言い争いを始めると、画家たちだけでなく、控えていた家臣たちまでもがうろたえはじめた。いつも波風を起こすのはアルバートとサミュエルで、間に入ってなだめていたのはベアトリスだった。初めてのことに、おそるおそる彼らのひとりが声をかける。

「陛下、そのくらいに……」

「どちらに物を言っている」

「まさか私ではないわよね？」

青の陣営の家臣たちはまごついている。アルバートの味方をするべきだが、ベアトリスを悪者にするわけにもいかない。

「いや、おふたかたとも、とりあえず一度気を落ち着けて……」

「国王陛下」

呼び出されたらしきウィルがかけつけ、恭《うやうや》しく礼をした。

さっそうと現れた彼を、この場にいた誰もが救世主のように感じたことだろう。

「大人げなく言い争いなどなさらないでください。休憩にいたしましょう。この部屋は空気がよどんでおります。気も詰まるというもの。換気をする間、ゆっくりとおくつろぎくださいませ。ティールームに茶と菓子の用意がございます。女王陛下もぜひご一緒に」

ウィルに手を差し出され、ベアトリスは声をあげた。

「ギャレット」

人垣の合間を塗って、黒髪の青年が前へ進み出る。

彼はずっと、扉の向こうで息をひそめていた。言い争っていた声も聞こえていただろう。

青の陣営の面々たちに押しつぶされそうになりながら、ひっそりとベアトリスを見守っていた。

ギャレットに注目が集まる。

不安と混乱のなか、それでも無表情をつらぬく彼。ウィルに比べれば、彼は頼りなかった。

だがその危うさの奥底に、熾火《おきび》のような情熱があった。

どこで羽を広げるつもりなのか、予想のつかない不吉な黒鳥。どこもかしこも整えられた貴族の御曹司《おんぞうし》とは、毛色がまるで違う。

ベアトリスは、彼に向かって手を差し出した。

「行きましょう、私のギャレット。散歩したい気分なの」

「――かしこまりました、女王陛下」

覚悟を決めたような面持《おもも》ちだった。彼は、ベアトリスの手を取った。

ウィルはベアトリスに手を伸ばしたまま、その様子をぼうぜんとながめていた。

「トリス。それがお前の答えか」

アルバートの言葉に、ベアトリスは答える。

「安心できる頼もしい伴侶。大変魅力的ですわ、お兄さま。ですが女王たるものとして、楽になることなんて望んでいないわ。共に成長できるパートナーが私には必要なのです」

そう。最初から楽になりたいだけなら、廃墟の鍵など受け取らなかった。

継承権を放棄し、適当な男と結婚し、国を出たかもしれない。

はじめから自分の意思などわかりきっていたのだ。

アルバートは油断ならない笑みを浮かべた。

「それでもお前は、俺の妹。俺からは離れられないさ。共同統治だ、共に手を取り合おうじゃないか、トリス。辛《つら》くなったらいつでも俺を頼るがいい」

「ええ。万が一のときはね。ごきげんよう、親愛なるお兄さま」

ベアトリスはそう言い残し、ギャレットと共に部屋を出た。

彼女が向かったのは、幼い頃よく遊んだ中庭だった。ギャレットは、小さな声でたずねた。

「……これからどうするつもりですか、陛下」

「あなたには悪いと思っているのよ、ギャレット」

彼の人生をめちゃくちゃにしてしまうかもしれない。ベアトリスはその罪の意識にさいなまれていた。

ベアトリスは嵐になると決めた。その嵐はベアトリスに手を差し伸べてくれる人間ですら、無慈悲に呑み込んでしまう。

靴先が、硬い石くれを踏む。中庭の空気は冷たく張り詰めていた。

ベアトリスがあずまやに腰をかけると、ギャレットもゆっくりと隣に腰を下ろした。

「さっきは、申し訳なかったわね。ついあなたの名を呼んでしまったわ」

「……大変だったのは、陛下のほうだ」

「お兄さまと喧嘩したのなんて、いつぶりかしら」

小さい時ですら、数えるほどしかなかった気がする。幼いころ、アルバートはいつもベアトリスのほしいものがよくわかっていた。のどが渇《かわ》けば水を差し出し、寒さに震えれば自分の襟巻《えりまき》を首にかけてくれた。

いつの間にか、ふたりが歩む道は分かれていた。

王冠をかぶってから——己が立派な女王に見えるように不安を押し隠すようになってから、兄とはうまくいかなくなった。

「結局あなたと逃げてしまったし」

このことがなにを意味するのか、ベアトリスもよく理解した上だ。後悔はしていない。後悔しているのなら、きっとギャレットの方であろう。

ギャレットは、そのうすいくちびるを開いた。

「知っていますか。俺は陛下の愛人だと言われているようです。王杖候補ではなく」

「……ただのくだらない侮辱よ」

「俺には爵位もない。立派な学校で研鑽《けんさん》を積んだわけでもない。あるのはただ、あなたと共にあって身についた教養と、我流で取り込んだ知識、少しばかり戦える技術だけ」

「そんなことは」

「ここに来て、俺には陛下の隣に立つ資格がないことが、よくわかりました」

「あなたまで意地悪を言わないでちょうだい」

「資格がないからこそ、あなたに選ばれたのかもしれない」

「ギャレット……」

彼は顔を上げた。迷いや不安を消し去った、さえざえとした表情であった。

アルバートの言うとおり、ギャレットは立派なひとりの男になっていた。影をまとうような暗い雰囲気をそなえた、整った顔立ち。冷たい青の双眸《そうぼう》は、冬の泉のように澄んでいる。

ベアトリスの愛する冬の厳しさと美しさを、閉じ込めたかのようなまなざしだ。

「俺に悪いと思う必要はありません。今から言うことは、俺の意志です」

ギャレットは言葉を切った。

そしてしぼり出すようにして、彼の決意を言葉にした。

「自分には資格がないと、言い訳をしながら陛下の後ろ姿をながめるのは、やめにしたいんです」

「ギャレット」

「本当はくやしかった。それを認めたくなかったんです。王杖になれば陛下の隣に立てるのに、従者のままではあなたの背後に付き従うだけ。ただ一歩の距離が、あまりにも遠かった。この一歩を踏み出さないのは陛下のためだと言い聞かせてきました」

ギャレットは、深く息を吸い込み、ゆっくりと吐いた。

「けれどそれは、ただの逃げだ」

ベアトリスが、王宮で兄や弟を相手にひとり戦っているとき。鉄鉱山に入り、盗掘者と相対《あいたい》したとき。ギャレットはいつも無力さをかみしめていた。

「身分がないから。女王につりあうような家柄の出ではないから。でも本当は――それを言い訳にして、己の弱さから逃げていただけだ。陛下は最初から、王杖に名門の家柄など望んでいなかったのに」

ギャレットははっきりとした口調で言った。

「逃げているだけではなにも守れない。多くの人間が、女王の王杖など俺にはつとまらないと言うでしょう。俺自身もそう思います。けれどあなたが国の有力者のなかで誰も信じられないというのなら――俺が、あなたの信頼に応えられる存在になります。女王陛下、あなたに望まれた……その事実を正しいものにするために、努力してみます」

ベアトリスは、言葉に詰まった。なんだかとても切なくて、うれしかった。

どこかで彼を手放さなくてはならないと思いながら、結局できなかった。

もうベアトリスの助けを必要とするような子どもではなくなったにもかかわらず、こうして、また自分の手を取ってくれるとは。

「……うれしいわ、とても」

かみしめながら、ベアトリスは言った。

人を信じることが難しい自分だからこそ、ギャレットの言葉は嘘いつわりなく、かけがえのないものに思える。

「でもどうして急に考えを変えたの？」

「それは」

「待って、言わないでいいわ。あなたの気が変わってても嫌だもの」

せっかく重い役目を背負う気になってくれたのに、やっぱりやめたいと言われては困る。

ベアトリスがあわてていると、彼はぼそぼそと口にした。

「理由は、いろいろありますが」

「いろいろ……」

「陛下に味方が少ないことです。国王陛下やサミュエル殿下の間で取り合いになっておられて、あなたが心を閉ざされているのがよくわかりましたし」

そんなに露骨だっただろうか。少しも油断できない気持ちだったからかもしれない。

「このままでは、あなたは自分を追い詰めてしまう。陛下が誰か、信頼できる人物を見つけるまでのつなぎでもいい、役に立ちたい」

「ギャレット……」

「だが陛下は、信頼できる人物を見つけに行くこともできない。差し迫る大波をただ見つめて、立ち尽くしているだけだ。陛下は逃げ道がわからない。だから俺は……その道を、見つけに行きたい」

主人が見えない刃《やいば》で傷つけられているようで、ギャレットはいてもたってもいられなかった。

ベアトリスが彼を王宮へ連れてきたのはこれが初めてだ。

彼女はこれまでの招集の場でも、そしてリルベクにうつる以前の王宮で過ごした時間も――孤独に耐えていたのだと、気づかざるをえなかった。

「ガーディナー公の求婚の件を聞いたときはまさかいよいよか、と俺も焦《あせ》りました。彼自身は悪い人間ではないと思います。だからこそ心配でした」

「いよいよ、って……」

ベアトリスは、ウィルに求婚されたことをギャレットに報告していた。

あくまで事務的に、なんの熱もなく。

そのさいギャレットは、主人の言葉に静かに耳を傾け、己の思考に沈んでいるかのように上の空であった。

だわ）

（焦っていたなんてね……ずっと一緒にいたはずなのに、肝心なところはわかりづらい子

ベアトリスは目を細めた。

「でも、私は求婚を断ったわよ」

「陛下と結婚したいと望む者はガーディナー公だけではない。白状すると、自分のためです。一緒にリルベクに帰れなくなるかもしれないと、怖くなったんです。あなたは国のために誰かを選ばなくてはならないだろうから」

言いづらそうにそう告げる彼。どうやらかなりの勇気をふりしぼって、理由を口にしてくれたらしい。

ふだんはしっかりしているというのに、自分の気持ちとなるとはっきりと言えず、うまく言葉がまとまらないようだった。

なおも言いつのるが、ベアトリスはその口数の多さがうれしかった。

「俺には王杖の資格がないからと、くさくさしている場合ではないと思ったので……」

「あなたって、結構罪な男よね。ギャレット」

ベアトリスはくすりと笑う。

ギャレットは一度目を見開いてから、咳払《せきばら》いをした。

「どうか俺の前では……無理をせず、そうして笑っていてください」

少しでも、笑顔になれる場所を増やせたら。

ここでの振る舞い方も変わったのかもしれない。

「ありがとう。おかげで心が晴れ晴れしたわ。やり方を変えるわ、ギャレット。あなたを選んだからには」

ベアトリスはギャレットの手を握った。あたたかくて、骨ばった手。ギャレットは黙って、ベアトリスの細くて小さな手を握り返した。

＊

数度にわたる会議をくり返し、ベアトリスは順調に政務をこなしていった。

きっぱりと振ってしまったウィルは、あれ以降ベアトリスに必要以上に近づくこともなかった。

なによりもアルバートが嘘のように静かになった。ときおり興味深そうにギャレットを見ていることもあったが、ベアトリスが彼を重用することに口を出さないでいる。彼の出自を揶揄《やゆ》するような声があがっても、その話題にけして乗ることはない。

ベアトリスは以前にも増してギャレットと共に行動するようになった。兄の前で啖呵《たんか》を切ってしまった手前、ふっきれたと言ってもいいだろう。

まだ正式に彼を王杖《おうじょう》にするつもりだとは公言していないが、「今後の勉強のために」と彼を王杖の席に座らせることにも、アルバートは反対しなかった。

サミュエルは不平を漏《も》らしたが「それならあなたもルークを座らせなさい」と言えば、それ以上文句の並べようもなかったようで、しぶしぶといった具合にギャレットの同席を許した。

（ギャレットは、よくやってくれたわ）

意見を言うべきところは言い、引くべきところは引く。王宮で己《おのれ》の場違いさに悩んでいた彼は、そのぶん周囲の人間関係をよく観察していた。議案に対する適任者を、青と緑の陣営から正確に見抜き、それとなく話題をふって、平等に両陣営の言い分が通るように差配した。

ギャレットの才覚は、ほどよくベアトリスを助けてくれた。

ベアトリスの私室では、彼がスケジュールを確認している。

「陛下。そろそろリルベクに戻る頃合いかと存じますが」

「そうね。突然帰ってみんなを驚かせてもなんですから、先触れの手紙を出しておきましょうか」

王都で片付けるべき予定のほとんどを消化できた。ようやく安心できる家に帰れると思うとほっとする。

廃墟の塔で留守をあずかる使用人たちも、女王を迎える準備くらい事前にしておきたいだろう。

送別の宴《うたげ》など、面倒なものを開かれる前に、さっさと帰ってしまうにかぎる。

「俺が手紙を書きます。それからリルベクへ戻る前にピアス子爵のもとへ、チェスの手ほどきを受けに行きたいのですが」

ギャレットがめずらしく、ベアトリスに外出の許しを請《こ》うてきた。

「ピアス子爵？　あの放蕩者《ほうとうもの》の？」

「そういう噂《うわさ》ですが、実際は学者です。派閥《はばつ》化している王宮になじめなかったようで」

「めずらしい方とお友達になったのね」

ピアス子爵——ベンジャミン・ピアスは変わり者で有名だった。四十を過ぎても結婚もせず、イルバス中を旅しては旅行記を書いたり、虫や木々のスケッチをしたり。彼の著作の中には植物学の貴重な文献もあるとのことで、一度サミュエルが自身の陣営に入れたがったが、ピアス子爵の方から断ったと聞いている。

「学者で植物学の造詣《ぞうけい》が深いなら、サミュエルのもとにいたほうが色々と都合がいいでしように」

サミュエルの領地は農地が多い。学者たちはイルバスの過酷な自然環境で育てられる農作物を、彼のもとで研究し続けている。サミュエル自身も王宮の敷地内に温室を作らせ、暖房や光を効果的に使い、花を咲かせることに成功していた。植物学は、彼の専門分野のひとつである。

「ピアス子爵曰《いわ》く、自然の中で生きる動植物が美しいのであって、整えられた箱庭で強制的に生かされるものは嫌いなのだそうです」

「まぁ、そう」

サミュエルとは主義が相容《あいい》れなかったようだ。アルバートは学者とは相性が良くないし、そうなるとどこの陣営でも特技を生かせないままで終わってしまう。放蕩の旅で王宮から遠ざかっていたわけである。

「今回は王都にお住まいの母君をたずねるついでに、国王陛下たちが揃《そろ》うと聞いて、物見がてらに王宮に立ち寄られたようで。たまたまあぶれていた俺に声をかけてくださり、リルベクの山間部に咲く花に興味を持たれたようでした。その流れで」

「お友達ができたのなら結構よ。行ってくるといいわ」

「恐れ入ります。長居しないようにいたしますので」

「気にしないでいいわよ。侍女《じじょ》たちもいるし、私も今日は疲れたからそろそろ休ませてもらうわ」

ベアトリスはひとつあくびをした。昼間に孤児院や修道院を慰問し、長時間移動したせいか体のあちこちが凝《こ》っている。

「今日はゆっくりお湯に浸《つ》からせてもらうことにするわ。あなたも楽しんできて」

「失礼いたします」

侍女たちが入浴の準備にかかる。お湯を運び、サミュエルの温室から分けてもらった薔《ば》薇《ら》の花を浮かべて——。石けんやクリームの質がリルベクよりも上等なので、彼女たちも楽しそうにおしゃべりしながら準備をしている。あとで、同じものを土産《みやげ》に持ち帰れないか、王宮の女官長にたずねてみようか。

「女王陛下。もうすぐ準備が整いますので」

「ゆっくりでいいわよ」

ベアトリスは考えていた。

国内の有力貴族は、すでに青と緑のどちらかの陣営に属している。ベアトリスのもとには北部地域の有力者がいるが、古くからベルトラム王朝を支えていた者たちではない。

（ギャレットを王杖にするなら、その中の誰かに相談して、彼を跡取りにしてもらえるように取り計らわないと……）

せめて、名門でなくともギャレットに貴族の称号はほしい。自分はそういったものにはこだわらないが、ギャレットの体面を守るためだ。それに貴族の身分がないのであれば、彼の王杖就任が議会で可決されないかもしれない。リルベクに帰ったら、相談してみないと……。

彼を王杖にできるだろうか。ウィル・ガーディナーにひけをとらない立派な補佐役に。ああ見えてウィルは隙《すき》がない。サミュエルの王杖候補のルークも博識で、立ち居振る舞いにも優雅さがある。

王杖の強さは、王の強さに比例する。

流れるように服を脱がされ、ベアトリスは一糸《いっし》まとわぬ姿になる。

足先から温かい湯に浸かり、ほっと息をつく。

「陛下。肩も凝っているし、足も張っていますわ」

「お疲れですわね。すぐに休まれないと」

「ありがとう。このお湯、とてもいい香りだわ」

「サミュエル殿下が、めずらしい香油をくださったのです。ぜひ使ってくださいと。リルベクにもこんなに良い匂《にお》いのものがあったらいいのに」

「また譲ってくれるよう、彼に言っておきましょう」

女官たちはうれしそうに、ベアトリスの髪をブラシでくしけずり、香油を手にしみこませて頭皮をもむ。難しい思考がほぐれていく気がする。

「いい匂い。全部使うのがもったいないですわ」

「陛下のものよ。けちけちせずに、すべて使ってしまいなさい」

年長者に注意され、はぁい、と若い侍女は返事をする。

（サミュエルからの贈り物……まさかね）

そのうち睡魔がやってきて、ベアトリスはいけない、と思いつつも船をこいでいた。彼女たちの言うとおり、よほど疲れがたまっていたのだろう。

意識が遠のき、力が抜けてゆく。なにかがおかしいと頭の片隅で思いながら、ベアトリスは眠気に抗《あらが》うことができなかった。

＊

薄暗い廊下の向こうで、カンテラの明かりが揺れている。

明かりはひとつ。薄ぼんやりと、たよりなげに点《とも》る。誰かに呼びつけられた使用人だろうか。

ギャレットは目を見張った。

すぐに頭《こうべ》を垂れ、道を譲る。

「構わん。お前に用事がある」

居丈高《いたけだか》にそう言ったのは、アルバートである。

まさか供も引き連れず、歩き回っていたのか。ギャレットは、アルバートの靴先を見たままたずねた。

「……国王陛下。おひとりでございますか」

「他にいるように見えるなら、お前はすぐに医者にかかったほうがいいだろう。お忍びというやつだ。お前は必ず、ベアトリスの世話が終われば別室に移る。それを待っていてやろうかと思ったのだが、都合良く飛び出してきた」

まるで、罠《わな》にかかった獲物《えもの》になった気分だった。

アルバートは舌なめずりをすると、「顔を上げろ」と命じた。

ギャレットは、ゆっくりと顔を上げた。

アルバートの緑の双眸《そうぼう》は、新緑のような明るさを持つベアトリスのものとは異なっていた。夜の森を思わせる、不気味な緑。

なにもかも呑み込んでしまおうと、ぽっかりと口を開ける、深い色。

思わず背が怖気《おぞけ》立《だ》つ。

相手をじっくりと検分するような、冷淡な目だ。

「俺は寒いのは得意だ。リルベク育ちのお前もだろう。だが立ち話をするには、この場所はふさわしくはない。トリスの部屋はすぐそこだ」

「……はい」

「来い。俺が自らもてなしてやる。そうそうあることではない、光栄に思うんだな」

約束の時間通りにピアス子爵をたずねることは、もはやできそうになかった。

誰が国王の誘いを断れるだろう。

ギャレットは、アルバートの広い背中をにらみながら、なるべく足音をたてないように努めて歩いた。


「さあ、遠慮なく入るが良い」

ギャレットは一礼をして、その場に足を踏み入れた。

青の陣営で使われているサロンの一室であった。人払いされているのか、アルバートとギャレットだけだ。背の低いテーブルの上にはワインやチョコレート、サンドウィッチやタルト類の軽食が用意されている。

明かりは小さく、密《ひそ》やかな会見の席である。

カーテンや書棚の物陰に人が隠れていないか、ギャレットは注意を払ったが、部屋が薄暗く、確認できそうもない。耳をすませたが、アルバートの靴音以外は物音ひとつ聞こえなかった。

「座れ。ずいぶんと用心深いな。他には誰もいない」

「失礼いたしました。日頃の癖《くせ》で……」

「廃墟の塔は俺の派遣した駐在軍も近づけさせないそうだな。護衛の人数も知れたものだろう。お前が常にトリスの周りに不穏な奴がいないか、気を張っていなければならないというわけだ」

テーブルを挟み、アルバートとギャレットは互いに腰を下ろした。まるで親しい友人同士のような距離感であったが、ギャレットの顔はこわばっていた。

アルバートは余裕の表情である。

「そうにらむな。俺だって、今すぐお前を殴《なぐ》り殺して庭に捨て置きたいくらいだ。お互いさまだろ、なあ」

「俺……私は、陛下のことをそのように思ったことはありません」

「嘘つきは妹仕込みか。まあいい」

手ずからグラスを置き、ワインを注ぐ。ギャレットはあわててそれを代わろうとしたが、「歓待されておけ」とアルバートは譲らなかった。

「言っておくが、いくらお前を殺したい明確な理由があったとしても、毒は入っていない。俺は、トリスに嫌われる方が痛いんでね」

ギャレットは、くちびるをかみしめて差し出されたグラスを受け取った。

「ご用件は、なんでしょう」

「うすうす勘づいているんじゃないか？　トリスの王杖についてだ」

そうだろうと思った。この王が自分のような身分の者に自ら声をかけるはずがない。よほどのことがないかぎりは。

「最近のトリスの行動は目に余る。お前もそう思うだろう。普通、王杖というものは有力貴族の当主や跡取りがつとめるものだ。国璽《こくじ》を代理で押すことができる、その重い責任を背負う気概《きがい》のある人間が。気まぐれに拾ったどこかの馬の骨につとまるはずがない」

貴族の身分を持たない者が王杖になるのは、前例がない。

そんなことは、指摘されるまでもなくわかっている。ギャレットが最も気にしていることだ。

「ベアトリス陛下がお決めになることです」

「俺の許しがいることも忘れるな」

アルバートはそう言うと、深く息をついた。

「トリスには、俺の側近と結婚してもらいたかった。王朝はそれで揺るぎないものになる。あいつは王宮の奥深くに籠《こ》もり、自分の好きなことをして過ごせば良い。国の判断は兄と夫に任せ、責任をすべて放棄して生きる。自由で、誰の顔色もうかがわず、行動に責任は伴わない。それが幸せというものだ」

「……お言葉ですが、イルバスは複数の王の共同統治で――」

「王はひとりで十分だ」

アルバートははっきりと言った。

「王冠の数が多ければ多いほど、国は混乱する。国は長子の俺が治める。ましてやトリスは女だ。玉座《ぎょくざ》に女は必要ない」

「ベアトリス陛下から王冠を取り上げると？」

「できるものならしたいさ。けれどこの国はすでに複数の王冠の存在を許している。トリスから王冠を奪うには、それなりの大義名分が必要だ」

アルバートは自分の意のままに動く妹を育てたつもりであった。

幼い頃からそばに置き、共に帝王学を学んだ。同じものを見て、同じものを口にして、同じイルバスの寒さを味わった。

「トリスが俺と志《こころざし》を同じくする王であればいい。だが妹は日に日に、俺と距離を置くようになった。その証拠に、お前のような奴をそばに置いた」

「……」

「トリスは俺の率いる青の陣営に入れるほかない。強いベルトラムを作るために」

なにごとにおいてもアルバートとベアトリスが結託できれば、ベルトラム王朝は更に堅固になる。

「強いベルトラムでいるためには、リルベクは必要だ。トリスにはあの地を手放してもらわなくてはならない。どうしてもあの土地で国民のために働きたいというなら、止めはしないが、俺の管轄《かんかつ》下に入ってもらいたい」

「ベアトリス陛下は、そのようなことは望みません」

「本当にそう思うか？　俺にはあいつが『早く楽にしてほしい』と叫んでいるように見えるが」

「陛下の思い違いです」

……だが、廃墟の鍵のことは、間違いなくベアトリスの重荷になっている。

アルバートにもサミュエルにも明かせない秘密をひとりで抱え込み、王宮では味方も少なく、誰も信じることができない。

「昔、トリスはいつも言っていた。『お兄さまが一緒なら、いいわ』と。トリスは臆病な性格だ。新しいものごとに手を出せない。新しい家庭教師をむかえるのも、見知らぬ土地へ行くのも、いつも怖がって俺の後ろに隠れていた」

何をするにも慎重なベアトリス。

さまざまなものを発明し、リルベクの山野を駆ける王女。快活であるように見えて、彼女はリルベクから離れようとしない。

廃墟の鍵があるから――。そう理解していたが……。

臆病な王女。それは幼い頃の彼女の姿。

アルバートは、ベアトリスの本質をよく知っている。彼女が生まれたときからそばにいた、兄だからこそ。

「あいつに王は向いていない。王は時に決断を迫られる。いつまでも守りばかりでは、今あるものを失うこともある。トリスがニカヤの問題で国璽をなかなか押せないのは、サミュエルに遠慮しているからばかりではない。あいつの迷いからだ」

「それは……」

「サミュエルが、彼女の弱さにつけこむ存在になってしまったことが残念でならん。トリスを身動きの取れない女王にしたのは、トリス自身の臆病さと、守らなくてはならない弟の存在が大きい。──そしてサミュエルは、まだ国よりも自分のことしか考えられない子どもでしかない。ふたりが癒着《ゆちゃく》すればどうなるか、一番被害をこうむるのは国民だ」

だから、彼はベアトリスを己の陣営に取り込み、サミュエルを排除しようとするのか。

「心身ともに弱い国王など、問題の種にしかならない。俺はサミュエルが幼い頃から忠告し続けた。継承権を放棄するようにと。田舎《いなか》で暮らしたければ城をくれてやるし、世界が見たければいくらでも旅費を出してやる。王宮に巣くう病魔になることだけは断じて許せん。女であれば嫁に出した。夫を持たせた。だがサミュエルは男だ。どのみち俺とは争う立場。生まれたときから、歓迎はできなかった」

「……実の弟君ですよ。情は……」

「情に左右されては、王はつとまらない」

アルバートは短く言い切った。

彼は長男である。

臣下たちはアルバートに期待する。次代の国王、次代のベルトラムだと。

継承権の放棄などありえない。次に生まれる子どもたちをまとめあげ、手綱《たづな》を握り、国を動かす男に育てるべく──継承権を持つ子どもたちの中で、もっとも厳しく教育された。

「本題だ。トリスは俺の陣営から出せる、夫にもっともふさわしい男を拒絶した。これから何人送り込んでも結果は同じだろう。あいつも女王、結婚相手を己の好みだけで選べないことはよく理解している。つまりはウィルがお眼鏡にかなわなかったのではなく、青の陣営に籍を置く者なら、どの人間をやってもトリスは求婚を断る」

リルベクを、女王の仕事をもし持て余しているのなら。

ベアトリスはウィル・ガーディナーの手を取っただろう。

だが彼女の選択は違った。誰のものでもないギャレット──。もはや頼れる男は、彼しかいなかったのだ。

「青の陣営の男が全員だめなら、俺は潔《いさぎよ》く引き下がるしかない。だが、お前なら違うかもしれない」

「どういう意味です？」

「勧誘だ。俺の陣営に入れ、ギャレット。家柄なら、好きなものを選ばせてやる。俺の承認も得られて一石二鳥だろう」

「……本気で、おっしゃっているのですか」

ギャレットは王の真意をはかりかねた。

あれだけギャレットのことを殴り殺したいだの、庭に捨てたいだのと言っておきながら。

「もちろん、俺個人としてはお前のことなど気にくわないし、義弟《おとうと》だなんて口が裂けても呼びたくないところだ。不肖の弟はひとりで十分なんでな」

「では、なぜ」

「だが、お前はサミュエルほど浅はかでもないし、身の程をわきまえている。トリスから国璽を取り上げて好き勝手にふるまったり、彼女をないがしろにしたりするような行いはしないだろう。トリスにあまり厳しくしすぎて、更にとんでもない男を選んでこられてもかなわん。王としての俺は、お前あたりで妥協《だきよう》しようというわけだ。どこの馬の骨ともわからんところが心底気にくわないが、名門の家の出だとしてもサミュエル派の男と結婚されるよりはマシだ」

さんざんな言われようだったが、彼の言い分は理解した。

自分にとって不利な男を王杖に選ばれるよりは、ギャレットを青の陣営に属する家に置いたほうが良い。

ギャレットを通して、間接的に妹の政治に口を出そうとしているのである。

このところ、アルバートがじっとこちらを観察していたのは――自分が王杖になった途端、ベアトリスに無体を働くような男か、判断するためかもしれない。

「もともと青の陣営にいた男と結婚するよりは、自分が育てた家臣を青の陣営に置く方が、トリスも抵抗はないだろう」

アルバートが、ギャレットを己の陣営に誘い込もうとしている。その事実を知れば、サミュエルも負けじと同じことをするだろう。今度はベアトリスをめぐってではなく、ギャレットをめぐっての争いになる。

（そうなれば、ベアトリス陛下は俺を切らざるをえなくなる）

徐々に追い詰められるベアトリス。もはや躊躇《ちゅうちょ》している時間は、一秒たりとてない。

「──せっかくのお話ですが、お断りさせていただきます」

「ほう」

愉快そうな顔をして、アルバートはギャレットの顔をのぞき込む。

「なぜだ？　お前がもっとも簡単に王杖になれる方法だとは思うが」

「……ベアトリス陛下は、おそらく俺が青の陣営の家に入ることを望まないからです。それでは共同統治の意味がなくなる」

ベアトリスを苦しめる、複数の王冠を持つこの国のありかた。

それでも彼女は自ら王冠を放棄することはなかった。そして、誰かの王冠を奪うことも望んでいないのだ。

三人が玉座に就《つ》くことは、彼女がもっとも望むベルトラム王朝のかたちであった。互いの陣営が協力し合うことがあっても、溶け合うことはあってはならない。

「共同統治制度を守るためにも、俺が青の陣営に入るわけにはいかないのです」

「理想ばかりだな」

「理想を現実にするのが、ベアトリス陛下の使命です。アルバート陛下は否定しておられるが、ベアトリス陛下は共同統治の難しさを感じてはいても、否定はしておられない。だからこそ中間子という立場で孤立してしまったのです。それは……兄君の力も弟君の力も、どちらも信じていらっしゃるから」

「信じる……か。どうだかな。トリスはすでに俺の支配下に置かれなくなっている。サミユエルに優しい嘘をつき、俺には意地を張って嘘をつく。女は本当におそろしい」

「陛下は嘘つきではない。俺が命を賭《と》してお仕えする、ただひとりの人です」

　アルバートは吐き捨てるようにして言った。

「その気概《きがい》が命つきるその瞬間まで持つことを祈ってるさ。生まれ卑《いや》しいお前のせいで女王の評判が落ち、玉座に腰を落ち着けるのも苦痛になったら、いつでも俺が面倒を見てやれる。それも時間の問題だろう。女王の黒鳥とやら、後悔するなよ」

　選択肢は自ら捨てた。ベアトリスの王杖としてふさわしい力を、アルバートの助けなく得なくてはならない。

（望むところだ）

ベアトリスを、この手で守る。

がさがさで骨張った、労働者の手で。この手だからこそ守れるものも——この先きっと、あるだろう。

「いつまでぼさっと座っている。さっさと出ていってくれ。不快な気分は酒で忘れたい」

「失礼いたします」

苛立《いらだ》ったアルバートに部屋から閉め出され、ギャレットは覚悟を新たにした。

ベアトリスのために——そして、自分のために。

(赤の陣営は、俺が作る)

一の従者として……そして、王杖にふさわしくあるために。

ギャレットは長い長い渡り廊下を、踏みしめて歩いた。

薔薇の香りが、どこからかただよっていた。

＊

香りがした。

むせかえるような薔薇の香り。

一度だけ、サミュエルの温室に連れていってもらったことがある。

あれが完成したとき、彼はすごくうれしそうだった。一番のお客さまは姉さまがいいと、彼は自らベアトリスの手を引いてくれた。

柔らかな金髪を頬《ほお》で切り揃《そろ》えた、女の子みたいなサミュエル。まだ一緒に王宮で暮らしはじめたばかりのころ、彼はあどけない少年だった。

でも、あのときにはもうすでに、サミュエルの心には暗いなにかが巣くっていた。

ベアトリスは願った。どうか植物を――生き物を愛する彼の優しい心が、彼を救ってくれますようにと。

「おや、お目覚めですか」

ベアトリスはゆっくりと目を開けた。

「量が足りなかったかな。十分な量をお渡ししたつもりだったのですが」

銀髪が、暗がりの中で不気味に輝いて見える。

よく知った顔である。サミュエルがあわよくばと紹介してきた、彼の未来の王杖。このところはずっと弟のそばで、共に会議に出席していた。

「ルーク……」

「おぼえていただき光栄です、女王陛下」

ベアトリスはベッドに寝かされていた。一糸まとわない裸のまま。ぼやける視界で天井を見上げるが、見おぼえのある部屋ではない。どこかに移動させられている。

あの香料に、おそらく何か入っていたのだ。思考がうまくまとまらない。

ルークの声は、驚くほど冷淡だった。

「冷静だな。叫んだり取り乱したりしないんですね」

「ここまでするとは思わなくて、単純に驚いているのよ」

本当は心臓が早鐘《はやがね》を打っている。動揺を悟られてはなるまいと突き放した物言いをしてしまったが、それが逆にルークを刺激しても困る。大げさに怖がってみせたほうが満足するのだろうか。彼がどう出るか、予想がつかない。

（こんな実力行使に打って出るなんて）

ギャレットを重用することに反対したサミュエルを――ルークを無視し続けたからか。

体は冷えているが、痛んではいない。未遂《みすい》だと思いたい。

「……せめて、堂々と私に求婚したらどうなの、ルーク・ベルニ」

「ガーディナー公は堂々としたプロポーズをされたようだが、お断りになったとのことですので。それにあなたの心は家なしのギャレットに決まっているのでしょう？」

家なしのギャレット。彼にどんどん不名誉な肩書きが増えてゆく。

「陛下のお体はきれいですね。雪のように白いし、吸い付くような柔らかい肌だ」

「面倒ね……。既成《きせい》事実を作ったとしても、私はあなたを選ばないわよ」

ベアトリスは虚勢を張った。さすがにこの状況は、誰かに助けてもらわないとまずい。

しかし、頼りになるギャレットはピアス子爵のもとだし、侍女たちも眠らされているとなると、心当たりが誰もいない。味方の少なさをこれほど悔いたことはなかった。

「こんなことをして、自分の立場が危うくなるとは思わないの？」

「ベアトリス陛下がこのことを明るみに出せば、アルバート陛下が動きます。そうなればあっという間にあなたは彼の懐《ふところ》に入れられてしまう。それは避けたいはずだ」

「怒りのあまり、恥も外聞も捨てて私がそうすればどうなるの。サミュエルはただでは済まないのよ。あの子の命令なのでしょう」

ルークは、ベアトリスの豊かな髪をひとふさ手に取り、もてあそんだ。

「僕が陛下を想うあまりの行動だとは、思っていただけないのでしょうか？」

「それならば、すぐにあなたのたくらみには気がついたはずだわ」

なにせ王宮はベアトリスに熱い視線を向ける男たちであふれている。ほとんどが彼女よりも、王杖という立場を欲《ほっ》してのことだが。女ならば、そういった視線は敏感に感じ取れる。物欲しげにベアトリスを見つめる者たちの中に、ルークは含まれていなかった。

「騒いでも人は来ませんよ。陛下は聡明《そうめい》なお方なので、騒ぎ立てるのはご自身の評判を傷つけるだけと、わかっておいでだとは思いますが」

「サミュエルが、ここまでしろと言ったの？」

ルークはうっすらとほほえんだ。

信じたくはないが、彼ならやりかねないという気持ちもある。そんなふうに疑ってしまうこと自体が、悲しいことではあるが。

（なんとか説得して、ルークを思いとどまらせることができれば）

サミュエルが心から望んだことではないはずだ。ベアトリスはシーツを握りしめた。

「あの子の命令なら、今すぐやめ――」

ベアトリスは言葉を呑み込んだ。ルークがおそろしく冷たい目で自分を見下ろしていたからだ。

彼は言葉を発しなかった。淡々と事を進めようとしてくる。ベアトリスは身をよじり、逃れようとしたが、脚を掴まれ引き戻された。

彼は本気だ。ベアトリスがたまたま目覚めたから気まぐれに会話をしただけで、目的を遂行《すいこう》する意志は固いのだ。

力は圧倒的にルークの方が強い。ベアトリスでは敵《かな》わない。剣も銃もなく、無力なひとりの女でしかない。

「女王陛下。お許しください」

ルークは一言だけ、そう告げた。ベアトリスがくちびるをかみしめると同時に、けたたましくドアを叩《たた》く音がする。

「ルーク、やめてくれ!!」

サミュエルの声であった。焦燥《しょうそう》に駆られるように、彼は叫び続ける。

「やっぱり中止しろ。すぐにやめるんだ。早く出てこい、出てこいったら」

ルークは逡巡《しゅんじゅん》した。扉とベアトリスの間で視線をさまよわせている。

彼の手が離れると、ベアトリスは大きく息を吐いた。

「鍵をあけろ。早く。おい、何をする……」

とうとう扉が蹴破《けやぶ》られた。ルークはベアトリスに毛布をかけ、立ち上がる。

サミュエルと共に、黒髪の青年がずかずかと部屋に踏み入ってきた。

「ギャレット……」

助けに来てくれたのか。

ベアトリスは己の姿を見下ろした。

裸に毛布一枚だ。これはどう見ても、誤解される。

「違うの、これは」

言い終わらないうちに、ギャレットはルークを思いきり殴りつけた。ルークはよろめき、そばのチェストに背を打ち付けた。彼の端整な顔は痛みのためにゆがみ、無残にも鼻血が垂れた。

ギャレットは更にルークの襟元《えりもと》をつかむと、もう一度拳《こぶし》を打ち付けようとした。サミュエルが彼を羽交い締めにする。

「もう十分だろ、やめろ」

「離せ。こいつは殺す」

このままではルークが殺される。ベアトリスは声をあげた。

「ギャレット、やめて。……まだ何もなかった。未遂なのよ」

「未遂だろうがなんだろうが関係ない。わざわざ陛下に薬を盛って、こんなところに連れ込むとは」

「やめろ。僕が命じたんだ。殴るなら僕を殴れ！」

ギャレットはサミュエルを己の体から引きはがし、拳をふり上げた。ルークが立ち上がり、その腕をつかむ。

「……殿下に手を上げないでください」

その一言で憑《つ》き物が落ちたのか、ギャレットはゆるゆると腕を下ろす。ベアトリスに己の上着をかけてやり、ボタンを留めた。彼の手は震えている。

「ギャレット、来てくれてありがとう」

彼はこらえきれなくなったように、ベアトリスを抱きしめた。

すっぽり彼の腕の中に包まれ、胸に安堵《あんど》の感情が広がった。

ずっとこわばっていた神経が、ようやくほぐされてゆく。

これができるのはギャレットだけだ。おそらく、彼女の人生で、唯一《ゆいいつ》の。

「申し訳ございません。俺がそばを離れたばかりに」

ギャレットは、ベアトリスの存在をたしかめるようにして、腕に力をこめる。

少しばかり痛いくらいだったが、ベアトリスはされるがままになっていた。自らも彼の背に腕をまわし、なだめるようにさすってやった。

ギャレットは今、己を責めている。

「よくここがわかったわね。ピアス子爵のところに行ったのではなかったの？」

「予定を変更せざるをえないことがあったので、一度陛下の部屋へ戻りました。そうしたら陛下の姿はなく、侍女たちは眠っていました。おかしいと思い、全員を起こしたんです。香料の残りを持っていた侍女を見つけて……」

珍しい香料を惜しがり、侍女のひとりがこっそりと持ち帰ろうとしていたのだった。

結果的に彼女のおかげで香料はすべて使われることはなく、ベアトリスもすんでのところで目が覚めたのである。ギャレットは香料の出どころを侍女に聞くなり、一目散《いちもくさん》にサミュエルの部屋へ向かった。

「……サミュエル殿下が焦《あせ》った様子で扉を叩いていたので、あとは無我夢中でした」

「そう。感謝しなくちゃね。あなたにもその侍女にも」

ただし、同じ香料をサミュエルに譲ってもらうことは、もはやなさそうだ。

ベアトリスは弟をにらみつけた。

「サミュエル。どういうことだか説明なさい」

サミュエルは、ふりしぼるようにして言った。

「……姉さまのこと、傷つけたいわけじゃなかったんだ」

「やっていいことと悪いことがあるわ」

「僕はさんざん、その男を王杖にするなんてありえないって言った。ルークがいやなら代わりの男だって僕は用意できるよ。でもどうしてもそのギャレットがいいなら、姉さまはルークと結婚して、僕と三人で仲良く暮らそう。姉さまが望むなら……いやだけど、その男も従者として……一緒でもいいよ」

「四人で暮らすということ？」

言っていることがめちゃくちゃだ。ベアトリスはため息をついた。

「あなたもお兄さまと同じことを言うのね」

「兄さまは……愛人を持ってもいいから、自分の王杖と結婚しろと？」

ベアトリスがうなずくと、サミュエルは自嘲《じちょう》するように笑った。

「そうなんだ。兄さまもそんなことを言ったの。僕たち、そういう最低なところはそっくりだからね」

「サミュエル。あなたは大人にならなくてはいけない。いつまでも私を追いかけたり、独占しようとしたりしないで。あなたはあなたの世界を自分で作っていかなくてはいけないのよ」

「僕の世界が僕の思い通りに作れるなら、そこには一番に姉さまを置くよ」

「どうして。あなたも同じベルトラムの血を引く王子じゃない。あなたひとりで世界は完成する。新しい自分の味方を作らないと……」

言いながら、まるで自分に説教をしているようだとベアトリスは思った。

世界を広げずに閉じ込もっているのは、姉の自分も同じだ。

私たちは、自らの主義主張を守るために、互い同士にしか目を向けていない。

自分だって、祖父から――身内からもらった廃墟の鍵を守るため、世界を狭める一方ではないか。

(なぜ……私にこの鍵をくださったの、おじいさま)

私を、なにも成せない中間子にするため?

何も成せなければ、何も進まない。互いをにらみ合い、血の鎖でがんじがらめにされ、全員身動きがとれなくなる。

この哀《あわ》れな弟は、私でもあるのだ。

気がついてしまった。ずっと自分を追い詰めてきたのは弟の弱さではない。己の弱さであったのだと。

ギャレットは、なにも言わずにベアトリスの手を握りしめる。

そのぬくもりにはげまされ、ベアトリスは続けた。

「私は、私の世界にお兄さまもサミュエルも置かないわ」

サミュエルは傷ついたような顔をした。

「母さまが言ったんだ。せめてリルベクが僕に割り当てられたら、状況も違っただろうにって。お前はかわいそうだって。貧乏くじの西部地域を押しつけられて、後から生まれたばっかりにって」

そんなことを。ベアトリスは首をふった。

彼の心をここまでこじらせたのは、生まれつき体が弱かったせい。そしてそれを心配するあまり、その行く末を悲観的にとらえた母親と暮らしたせいだ。

「……母さまは、僕に継承権を放棄するようにって、ずっと言ってきたんだ。体も弱くて兄さんや姉さんより、なにもかも出遅れてるって。西部地域の統治なんて、僕につとまるはずがないって……」

「お母さまのおっしゃることは間違いです。西部地域は貧乏くじではないわよ。あなたの将来性を期待して――」

「本当のことを言ってよ、姉さん。姉さんはいつも上っ面《つら》じゃないか」

そうだ。ベアトリスは理想の自分を作り続けてきた。

兄を立て、弟に譲り、己の最低限の権利を守ってきた。

笑顔と優しさで飾り立て、時には嘘つき呼ばわりされながら、兄弟を遠ざけてきたのは、自分だ。

「……私のサミュエル」

ベアトリスが久々にそう呼ぶと、サミュエルは涙を浮かべた瞳で彼女を見た。

「あなたが生まれると知ったとき、私はうれしかった。初めてできる下のきょうだい、誰よりもかわいがろうと決めたわ。いずれ同じ王宮で互いに助け合う身。でも私も兄がいたからわかっていたの……いずれあなたとは、なんらかのかたちで争うことになるって」

戦わなければ。自分の選択に国民の生活や命がかかっているのだ。きょうだいでぬるま湯に浸かった政治をすれば国がだめになってしまう。かといって敵対し続ければ、国は割れてしまう。

「かわいい弟だけれど、あなたは愛すべき敵なの。いつまでもそうであってほしいと願ってる。私の良きライバルでいてほしいと」

「姉さま」

「私たちが時には戦い、時には守り合うことで、イルバスという国は成り立っている。肉親の愛情とは切り離してものを考えなくてはならないのよ」

ベアトリスは、小さく息をついた。

下の者をさとす以上、自分もそうあらねばなるまい。

これは己に対する戒《いまし》めだ。

「けして私を呑み込もうとしないで。自分の世界を作って私に挑んできて、サミュエル」

私も、私の世界を作る。

リルベク、廃墟の鍵。それ以外の世界を自分で開拓するのだ。

世界は自分の手でしか作れない。鎖をひきちぎり、進んでゆくほかないのだ。

「今日のことは、不問に付《ふ》します」

「ベアトリスさま」

抗議するように声をあげるギャレットを制して、彼女は続けた。

「お兄さまにつけ入る隙《すき》を与えたくないの。なにもなかったのだから、これ以上騒ぎを大きくしたくもない。しばらくリルベクに籠《こ》もり、王宮には来ないわ。――あなたにも会わない、サミュエル」

「姉さま」

「反省なさい。二年後には国王になるのよ。もしそのときまでにあなたが変わっていなかったら……私があなたを呑み込まざるをえないでしょう。あなたという王を消し去る、嵐になるほか」

ベアトリスはサミュエルをにらみつけた。

その新緑のような力強いまなざし。サミュエルは気圧《けお》されたように、息を詰まらせる。

「女だからといって、あなどらないことよ。あなたもお兄さまも……この国の『賢王』に女王がいたことを、忘れているようね」

ギャレットはルークをきつくにらみ、それからベアトリスの手を取った。

彼女は歩き出した。靴を履《は》いていない彼女を見かねて、ギャレットは自分の靴を差し出そうとしたが、ベアトリスは手を伸ばす。

「抱いて連れていってちょうだい。妙な噂《うわさ》が立っても、打ち消すのにちょうどいい」

すでにルークがベアトリスを部屋に連れ込んだことは、緑の陣営には筒抜けだろう。ベアトリスの要請に従い、ギャレットは彼女を軽々と抱き上げた。

後ろ暗いことなどなにもない。ふたりは堂々と王宮の廊下を進んだ。

使用人たちはあわてて頭を下げ、道を譲る。互いになにごとかと顔を見合わせながら。

浮いた足をぶらぶらさせながら、ベアトリスはこれからについて考えていた。

「ピアス子爵を、リルベクの山間部の研究に誘いなさい」

「わかりました」

「私から彼に頼みます。あなたの後見人になってくれないかと。断られるかもしれないけど、まずは動かないといけません。このままでは、きょうだい全員が自滅する」

そして、それはベルトラム朝の滅亡につながる。

ベアトリスはギャレットの首に腕をまわし、体を寄せた。

「私は私の世界を作る……強くて揺るぎない、赤の陣営を」

それがきっと、祖父の願いでもある。

ギャレットは覚悟したように、顔つきをひきしめた。

「筆頭はあなたよ。あなたは私の夫になる。覚悟して、ギャレット」

「俺はあなたのものです。そしてこれからは……あなたの庇護下《ひごか》から、抜け出してみせる。俺の世界を作り、赤の陣営に加えます」

ギャレットにはなにか考えがあるのだろう。ベアトリスは彼の世界にだけは、口出しをしないことにした。

信頼に足る男だと判断したからこそ、彼を王杖に選んだのだ。

第三章

ベアトリスはその後、公《おおやけ》の場に出ることもなくリルベクに戻った。

アルバートからさんざん手紙が届いた。ご機嫌伺《うかが》いの使者ごとベアトリスは長らく留め置いたまま、ついに返事を書かなかった。

赤の陣営を作る。

言葉にするのは簡単だが、それは困難を極めることだった。すでに多くの有力貴族は、青か緑、どちらかの陣営にいる。

「引き抜けないかしら」

ベアトリスの言葉に、ギャレットは思わず紅茶にむせた。

廃墟の塔の会議室には、数時間おきにお茶とお菓子が運ばれる。最近はこの会議室にさまざまな客人がおとずれるが、変わらない顔ぶれはベアトリスとギャレットだけだ。

「引き抜くつもりですか」

「ほしい人材はいるのだけれど、そう簡単にはいかないわね」

「当たり前です。軍人は青の陣営に入ることが将官への登竜門《とうりゅうもん》になっているし、文官は緑の陣営にいれば職にあぶれることもない。その点、赤の陣営は、北部地域の地主や――」

「私のような、放蕩者《ほうとうもの》だけだ」

ベンジャミン・ピアスは焼き菓子に手を伸ばした。ジャム製造機の試作段階で大量に生産されたジャムを消費すべく、銀の皿の上にはいつも焼きたてのジャム入りクッキーが並んでいる。

「リルベクの山は、植物だけでなく動物の生態も変わっているな。ウサギもリスも毛色が違う。手がかじかんでスケッチができないのが難点だ」

ベンジャミンは、ギャレットの後見人になった。

ギャレットはすでに成人しているので、手続きは煩雑《はんざつ》になるが、ゆくゆくはピアス家の跡取りとなる。

「本当に良かったのですか？　ピアス子爵」

「うちみたいな貧乏子爵家など、女王の王杖《おうじょう》を出すほど大した家柄でもないから、私こそいいのかと問いたいがね。ギャレットは優秀な山の案内人だ。私も若くないし、彼が助手をしてくれるなら助かる」

浮世離れしたベンジャミンは出世欲がない。だがさまざまな地域を旅し、現地調査を重ねてきたおかげか、ベアトリスの目の届かないところまで情報を仕入れているのがありがたかった。気取らない性格のおかげで、彼には友人や支援者も多い。

「リルベクの調査を終えるまで、離れの屋敷を貸してくださったのも、本当にありがたいと思っているよ」

「ご自由にお使いになって。使用人はけして多くないので、あまりお構いもできませんが」

「問題ないさ。ほとんど外で過ごす」

その言葉通り、野外でじっと自然観察をしたまま動かない彼。初めて外から廃墟の塔に戻ってきたときなどは降りしきる雪のおかげで頭から真っ白になっており、本物の雪男が現れたのかと思った。

「女王陛下《へいか》。赤の陣営とて、ひとりも頼りになる奴がいないわけではないだろう。なぜ私を後見人に選んだ？」

パイプをくゆらせ、ベンジャミンはゆっくりと煙を吐く。

「ギャレットをゆくゆくは王杖に、という考えならば、目星はつけていたはずだ」

「候補は……三人いました。ひとりは優秀な領主であったけれど、奥さまのお加減が良くないの。なかなか領地を離れられない。この間のような会議があっても出席できないのです。ほかふたりは名誉貴族で、ギャレットの後見人になることはできないのよ。それにそのふたりですら、おそらくお兄さまに取り込まれかけ、青の陣営の駐在軍としきりにやりとりしているわ。わけあって、ギャレットの後見人には青も緑も混ぜたくないのです」

名誉貴族の称号は次の世代へ引き継げない。ギャレットが家を継ぎ、肩書きを手に入れられないのなら意味はない。

廃墟の鍵のことは、ベンジャミンには言っていない。

彼は甘い匂《にお》いのする煙を吐き出し終わった。

「わけありのようだ」

「はい」

「では、赤の陣営のみなみなさまには、女王に切り捨てられないよう、少し焦《あせ》っていただいた方が良いだろう」

「と、言いますと？」

「これから大幅な人事改革をしたいとお考えなのだろう？」

「ええ」

ベアトリスは、緊張した面持《おもも》ちになった。

「国の内部から人を引き抜くのは、いさかいを生む原因になる。しかし他の陣営の人材をうまく利用する手はあるし、国の内部以外から引き抜く分には問題はない。うまいこと内部から借りて、うまいことよそからいただくんだ」

「ピアス子爵、言っている意味が……」

ベアトリスが難しい顔をすると、ベンジャミンは地図を広げ、羽根ペンの先をとある地点につけた。

「まず、よそからいただく方法。今話題の国、ニカヤだ」

「ニカヤ……」

「ここはイルバスの友好国。昔よりイルバス人も多く移り住んでいるし、ニカヤ人も教養としてイルバス語に堪能《たんのう》な者が多い。渦中の国だが、どのみちイルバスはニカヤに味方する心づもりなのだろう。だったら今でも後でもそう変わらん。――よそから人を引っ張ってくるなら、もはや国を越えるしかない」

「でも、それではこの状況下であちらの有力者を削《そ》ぐだけに……」

今この時にも、カスティアが攻め込んできかねない。国を守るため、優秀な軍人や文官はイルバスへ渡ろうとはしないだろう。

そこまで考えて、ベアトリスは、はっとした。

「ギャレット……船を。造船所にたしかめて。もうだいぶ仕上がっているはずよ」

「陛下、どうしたのです、突然」

「ニカヤには今戦える船が一隻でも多く必要なの。欲《ほっ》してはいるけれど、資材不足で動けない。この船と引き換えに、使者を――私の手助けになる知恵を持つ者を、しばらくの間借りられないか交渉するわ。万が一、亡命を考えている有力者がいたとしても、イルバスを亡命の中継地点にしないよう、赤の陣営で保護して、外には出さないことを条件にする」

ニカヤになにかがあればアルバートが動く。そのさい、ベアトリスは国璽《こくじ》を押すことを約束しよう。ニカヤの有能な人材を赤の陣営に入れ、有事があれば、彼らがイルバスからカスティアを叩《たた》けるようにする。

ベアトリスは、イルバスとニカヤの両国を守るが、けして青の陣営に呑み込まれたりはしない。

(あとは、サミュエルの未来に期待できれば)

二年後にサミュエルが国王になれば、イルバスが軍政にかたむいたとしても、彼の協力を得て流れを変えることができる。サミュエルが、己《おのれ》の世界を作れさえすれば。

もしそれが叶《かな》わなくとも、自分が弟の陣営を呑み込み、うまく兄の手綱《たづな》を握ってみせる。

「ニカヤの有力者をリストアップさせて。ギャレット、あなたの情報網を使って」

「かしこまりました」

ベンジャミンはなめらかに続けた。

「そして、次は国内から人材をうまいこと利用する方法だ。女王陛下、ギャレットの王杖就任だが、来《き》るべきときまで待った方がいい」

すぐにでも彼を王杖にしようとしていたベアトリスは、耳を疑った。

「でも、それではギャレットの立場が」

「ギャレットはまだ自由に動ける手駒とした方が良い。これまで、女王の王杖が決まらないことで両陣営は互いを牽制《けんせい》し合い、互いの出方をうかがっていた。まだこのままでいてくれたほうがやりやすい。赤の陣営が整うまでは」

「混乱させろと言うのね、お兄さまも、サミュエルも」

ベンジャミンはうなずいた。

「アルバート陛下の前で、堂々とウィル・ガーディナー公を袖《そで》にしたそうじゃないか。それだけの騒ぎを起こしておいて、ギャレットが王杖に就任しなければ、アルバート陛下もサミュエル殿下も怪《あや》しむだろう。必ず探りを入れに誰かを差し向けてくる。それを……こう、ぱくっとだ」

ベンジャミンは丸めた手でクッキーをすばやくつかむ。

「ぱくっと……？」

「まぁ、要はちょっと誘惑させて、その気にさせて、色々こちらに協力させるんですよ」

「子爵。陛下に何をさせる気だ」

ギャレットが彼をにらみつける。

「別に、キスしてやれとか、ちょっと脚を見せてやれなんて言ってない。ちょっぴり自信のない、普通の女性のふりをなさったらいい。隙《すき》を見せられないのがあなたの欠点だ、陛下。女というものは、本来ならもっとうまくやれるものだ。あなたは男らしすぎる」

ベアトリスは目をぱちくりさせた。

ベンジャミンは鷹揚《おうよう》に笑った。

「まぁ、ちょっと恋でもなさったらいいんじゃないですかね」

「陛下。これは真面目《まじめ》に聞き入れなくてもよろしいかと」

「……いいえ。貴重なご意見だわ。ありがとう、ピアス子爵」

ベアトリスが如才《じょさい》なく笑うと、ベンジャミンは眉を寄せた。

「そう、その笑み。まったくもって色気がないんです。男というものは案外弱腰なものですから、自分より強そうな相手には怖《お》じ気《け》づくものなんですよ。相手が男でも女でもね。その『敵なしの笑み』を見せつけられたら、男にできることは愛想笑いをしながらその場を去ることだけなのです。彼らをうまく使うつもりなら、ベアトリス陛下は少しの間、仮面のようなほほえみを封印していただかなくてはならないでしょう。これ以上言うと、ギャレットが恐ろしいのでやめておきますが」

ベアトリスは、己《おのれ》の頬《ほお》に手を当てた。

自分の笑みにそんな指摘をされたのは初めてだ。ベアトリスは教育係から、社交の場で必要とされる柔和《にゅうわ》な表情を徹底的に仕込まれていた。女であったせいか、アルバートよりはるかに厳しくだ。

自分としては、自信があったのである。

「どう、ギャレット。私の笑顔は」

「そうですね……」

ギャレットは言いづらそうにしている。

「私としては、可愛らしく笑顔で返しているつもりなのよ」

「あ、そうだったんですか」

なんだそれは。ベアトリスはむくれてたずねた。

「ではなんだと思っていたというの。正直におっしゃい」

「あのー……そうですね。『もういいからお前は黙れ』という意味で、笑ってらっしゃるのかと思いまして……。陛下がその笑みを返すと、みんな黙ってしまわれるでしょう。だから、狙ってそうしているのかと」

「失礼しちゃうわ」

ベアトリスをなだめるようにして、ベンジャミンは言う。

「まぁまぁ。ベアトリスさまもまだお若いのだから。人生経験を通して、笑顔も自在に操れるようになります」

隙を見せるためには、いったいだれに手ほどきを受ければいいのだろう。真逆《まぎゃく》の訓練しか受けてこなかった気がする。

ベアトリスは咳払《せきばら》いをした。

「……まぁいいわ。ひとまず、船の完成状況をたしかめて。できれば近いうちにニカヤを訪問したいわ。なにか口実を作らないといけないけれど」

さすがに、アルバートの許可なしにベアトリスは国を渡れない。

ギャレットは改まって言った。

「陛下、そのことですが。ニカヤの件は、俺に任せていただけませんか」

「あなたに……？」

「ピアス家を継ぐための勉強の一環として、俺をあちらに留学させてください。陛下が動くと大事になります。俺はまだ王杖に就任していない。国璽を代理で押す権利もない。今なら、自由に動けます。陛下を残していくのは心配ですが……リルベクにいてくださるなら、王宮であったようなことはないでしょう。俺が戻ってくるまで、ピアス子爵にここに残っていただきますので」

以前から考えていたことのようだった。

自分の世界を、赤の陣営に連れてくる。ギャレットはピアス子爵からすでにニカヤの可能性を提示されていたのかもしれない。

身動きの取れないベアトリスの代わりに、奔走《ほんそう》するギャレット。

ベアトリスの影となり、彼女を支えるために。

「頼んだわ、ギャレット」

でも、寂《さび》しくなるけれど。

その言葉は口に出さず、ベアトリスは紅茶に口をつける。あたたかく甘いお茶で、本心を押し流してしまった。

＊

ベアトリスは、新たな試みに着手した。

北部地帯の外れに、新しい工場を建設する。工場の主力製品は保存食。それも、従来からある壺漬けや瓶詰ではなく、金属容器に食糧を詰めたものを製造するのだ。

ガラスの瓶詰は壊れやすく、携行に不向きである。

(金属製の缶に食糧を入れて、持ち運びできれば)

金属缶はガラス瓶よりも頑丈で軽量であった。うまくいけば、保存食の可能性は限りなく広がる。

廃墟の塔の窓からは、まぶしいまでの朝陽が差し込んでいる。知らず知らずのうちに、夜を徹して考え続けていたようだ。

「ベアトリス様」

「ごめんなさいね、ギャレット。あなたまで付き合わせていたみたい」

　扉の向こうから遠慮がちに声をかけてきたギャレット。女王の部屋の明かりがなかなか消されないので、彼はずっと様子をうかがっていたのだろう。

　ペンを置く気配を感じて声をかけてきたということは、心配性の従者は、ずっと扉の前に張りついていたようだ。

「入ってきて。良い案が思いついたのよ」

「失礼いたします」

　ギャレットはベアトリスにうながされるまま、彼女の走り書きに目を通した。

「缶詰ですか。陛下らしいですね。先日のカルマ山の食糧の件で？」

「ええ。鉱夫が食事をして怪我《けが》をしてしまうのはいただけないわ。それだけじゃない。イルバスの軍や騎士団も同じ方法で食糧を携行しているのよ」

「食糧携行品の話であれば、たしかにどちらの陣営も興味があるでしょう」

　この金属容器の食料保存が実現すれば、軍隊の携行品に加えられるだろう。長期遠征をする部隊にとって、安全な食の調達は死活問題だ。成功すれば、ニカヤを守るための援軍を派遣するときも必ず役に立つ。

　そして貧しい西部地域をあてがわれることになるサミュエルにとっても、保存食料の確保は重要な課題のひとつだ。

「缶詰食品の開発のアドバイスを緑の陣営から。実際に軍隊に携行させ、使用実験をしていただくのは青の陣営から。ひとりずつ助っ人をよこしてもらえるよう、お兄さまとサミュエルに手紙を書きました。返事はどちらからもいただいたわ」

青の陣営からは演習もかねて、一小隊と共に王杖のウィル・ガーディナーが自ら。

緑の陣営からはルーク・ベルニが。先だってのお詫びのつもりなのか、有能な学者も数名、助っ人として一緒につけると、サミュエルは手紙に書き添えていた。

「菌類を研究する学者がひとりでもいたら良いのだけど」

ルークがやってくると聞いて、ギャレットはあからさまに嫌な顔をする。

「よくもおめおめと顔を出せたものだ。学者の融通《ゆうずう》程度で、あのような行いは帳消しにならない。別の人物にするように言わなかったのですか」

本音を言えば、弟の出方をうかがいたかったのだ。

あの後サミュエルが反省して、己の過《あやま》ちを悔いてくれているのか。民《たみ》に望まれた国王になるために、意識を変えてくれればいいのだが。

「王杖候補となるくらいですもの、ルークは優秀よ。それに王宮での立場が盤石《ばんじゃく》とはいえないサミュエルが彼を手放すには、よほどの覚悟がいるはず。……ひとまず様子を見ようと思ったの」

「俺は反対です」

「青の陣営の者もいる前で、この間のようなことにはならないでしょう。緑の陣営にはピアス子爵に見張りについていていただくから」

ギャレットはため息をついた。

「言いだしたら聞かないお方だ」

「あなたには悪いと思っているのよ、ギャレット」

ベアトリスはギャレットのタイを直した。

「くまが浮いている、陛下」

ベアトリスの目の下に指を添えて、ギャレットが心配そうに言った。

「私に触れられるのね、あなた」

「……申し訳ありません」

あまりに自然な仕草だったので、ちょっぴり意外であった。

彼はすぐに手を離したが、ベアトリスは「いいのよ」と言った。

「あなた、普段私に触ったりしないじゃない。あのときくらいのものだった」

あのとき、とはベアトリスがルークに襲われかけたときのことだ。

普段は身分をわきまえて、一歩退《ひ》いていたギャレット。がむしゃらに抱きしめられたのは、あれが初めてだった。

荒々しかったけれど、温かくて、初めての感覚だった。あれがサミュエルの陰謀によるものでさえなければと、時折くやしく思っている。

ギャレットは思い出したくもないようで、短く答えた。

「恐れ多いことだ」

「私のこと、好きになれないのかと思ったわ。命令だから一緒にいてくれるだけで」

「そんなことは」

あわてたように彼はうつむいていた顔を上げる。

それから、視線をさまよわせた。

「ただ……どうしていいのか、本当にわからないだけなんです」

「私に隙《すき》がないから？」

この前ベンジャミンに言われたことを根に持っていたベアトリスは、ちょっとつまらなそうに言う。

「ガウンを着てください。薄着すぎます」

「すぐ話をそらす」

「今ならまだ、すべてをなかったことにできるからです。俺は臆病なんです。陛下の輝かしい未来を台無しにはしたくない」

ベアトリスにガウンをかぶせ、彼女を椅子に座らせた。

暖炉の火がこうこうと燃える。ベアトリスは静かにそれをながめた。

「私の信頼に応えると言ったのに」

「応えます」

ギャレットはベアトリスの肩をさすった。

「だからこそ、俺はニカヤへ行くのです。あなたの陣営に春を運んでくるために」

「あなたがなにかをしたいと言ったこと、今までそんなになかったわよね。私がアイスクリームやジャムを作る機械を作りたいと言ったときも付き合ってくれたし、船を造る職人がほしいと言ったときは各地をめぐって話をつけに行ってくれた。廃墟の鍵をあけて、銃器の手入れの仕方を習って。なにをするにも一緒だったのに、離れてしまうなんてね」

ベアトリスは、肩に乗せられたギャレットの手を握った。

彼の存在をたしかめるように、指を絡《から》める。

「離れがたくなるから、やめてください」

「……私も」

「陛下と一緒にいると、失った家族を取り戻したような気持ちでした。新しい思い出が次々に増えてゆく。なにもなかった俺の人生を彩ってくれたのは陛下だった。『私のギャレット』と呼ばれるたびに胸がうずいた。同時に、怖かった。いつか陛下は気まぐれに拾った孤児に飽き飽きしてしまうのではないかと」

「ギャレット、そんなことは……」

ベアトリスは顔を上げ、ギャレットの表情をのぞき込んだ。

「だから次は、俺が陛下の人生の彩りにならなくてはいけない」

ギャレットの、どこか暗く翳《かげ》りがさす、端整な顔。その冬の泉のような瞳に、見惚《みと》れる自分の顔がうつっている。

ああ、これが隙というものなのだと。

ベアトリスは、初めて自覚した。

「では今ほんの少しだけ……私に彩りをくれない?」

「女王陛下」

ギャレットはベアトリスの手を取り、その甲にくちびるを落とした。

「行って参ります」

ベアトリスは不満である。

「これだけなの?」

「ご結婚前の大切なお体ですから」

ギャレットは素《そ》っ気《け》ない。

「王宮の女官たちは恋人と、もっと色々しているわよ」

「耳年増にならないでいただきたい。まさかルーク・ベルニにこれ以上されたわけではないですよね?」

「眠っていたからわからないわ」

「人の心をかき乱すのはやめてください」

うろたえるギャレットの表情を見るのは楽しい。ベアトリスは椅子を蹴飛ばすようにして立ち上がると、彼の腕の中に飛び込み、タイをいじりながら笑った。そして、窓ガラスにうつった己の顔を見つめた。

自分だというのに、まるで知らない女のようだ。

ベアトリスは目をぱちぱちさせる。

「陛下?」

「そう。色気のある……隙だらけの笑みとは、こういうことね。あなたを想えば、いつでも出せるわよ。ギャレット」

「……ピアス子爵の言うことを、あまり真に受けないようにしてください。おそばを離れるのが心配でならない」

「大丈夫よ。帰ってきたら、結婚式のことを一緒に考えましょうね」

なにか言おうとしたギャレットが、眉を寄せる。

「結婚式……ですか」

どうやらそのことは、彼の頭からすっかり抜け落ちていたらしい。赤の陣営作りや王杖就任のことで手一杯だから、仕方がないとはいえ。

ベアトリスはくちびるをつき出す。

「なによ。たぶん……胸には赤い薔薇《ばら》を挿《さ》してもらうことになると思うのだけれど、構わない？」

「陛下のお気に召すものだったら、俺はなんでも……」

「まあ。せっかくのあなたの晴れ舞台なのに。ピアス子爵も、結婚式と王杖の就任は同時でも良いのではないかと言っているのよ」

「陛下も結婚式に夢をお持ちだとは思いませんでした」

ベアトリスはほほえんだ。

「だって私、王族にしてはめずらしく、望んだ男と結婚する女だもの」

「ベアトリス様」

「みんな、いやいや夫と一緒になるものよ。私も、物心がついたころから顔も知らぬ男や、兄の部下と感情の伴わない結婚をする覚悟をしていた。カミラだって、お兄さまと結婚したくないってさんざん泣き暮らしていたのよ。……どうにかなって良かったけれど。私まで難を逃れることはできないと思っていたわ。あなたが現れるまでは」

ベアトリスは目を細めた。

「あなたが王杖になることで、多くの慣例が書き換えられるわ。……少し怖いけれど、あなたにはその価値があると思っている」

「以前、アルバート陛下はおっしゃっていました。あなたは変化を恐れる方だと」

臆病で、新しいものごとに手を出せないベアトリス。

女王となって昔ほどひどくはなくなったものの、人の本質はそう簡単には変わらない。

「そうね。誰も歩いたことのない道を歩くことが、怖いわ」

「そんなあなたが、俺の手を引いて茨《いばら》の道を歩くことにされた。感謝しています、ベアトリス様。俺が憂《うれ》いの茨を切り払います。あなたには傷ひとつつけさせない。茨の茂みの向こうには、きっと女王がもたらす新しい世を大勢が待っているでしょう」

ギャレットは、ベアトリスの手を取った。

また手の甲のキスかと思ったが、その手はつなげられたまま、彼は身をかがめた。

「約束します、ベアトリス様」

ギャレットの瞳に見とれたままでいると、彼はあいた方の手で、ベアトリスの頬に手を添えた。

あまりのことに、目を閉じるのを忘れてしまった。

くちびるが重なったと思ったが、ついばむ程度でまた離れてしまった。時間にしてはとても短かったが、ベアトリスを驚愕《きょうがく》させるには十分だった。

せっかくの本格的な接吻《せっぷん》だったというのに。

きっと、まぬけな顔をしていただろう。ベアトリスはみるみる赤くなった。

「なぜ最初に手を取ったの。てっきりまた手の甲にキスをしてもらえるかと思ったのに」

「それは、流れの都合の問題で」

「私にも心の準備があるわ」

「さっきは物足りなさそうになさっていたじゃないですか。まさかいちいち、キスをするのに許可をとれと？」

「そうしてもらいます」

「本気ですか」

ギャレットはあきれたが、ベアトリスは譲れなかった。女だって、いつもかわいらしくいられるわけではない。――そういう女もいるのかもしれないが、ベアトリスは、少なくともそうではないのだ。相手に好ましく思ってもらうために、準備しなければならないことだってある。

腰に手を当てて、ベアトリスはギャレットを見上げた。

「だって、困るもの。ふいうちにあまり強くないの。私が変化を恐れるってあなたが言ったんじゃないの」

「たしかに申し上げましたが」

「主人を脅《おど》かして、どうするつもりなのギャレット。とにかく、キスをするには一度私にお伺《うかが》いをたててもらわなくてはなりません。それ以外は認めませんから」

ギャレットはため息をついた。そして、ぶっきらぼうにたずねた。

「では、キスをしてもいいですか、女王陛下」

「……どうぞ」

彼に腰を取られ、ベアトリスはおとなしくされるがままになった。

「赤い薔薇だってなんだって、構いません。あなたがそばにいるのであれば」

先ほどより長い時間拘束されたのは、ギャレットの意趣返しかもしれないと、心の片隅で思ったのだった。

＊

廃墟の塔に、ふたりの男がたずねてきた。

アルバートの王杖、ウィル・ガーディナー。

そしてサミュエルの一番の側近である、ルーク・ベルニである。

「女王陛下、お久しぶりでございます」

「このたびはぜひ私の力をお役に立てたく」

「ふたりとも、はるばるご苦労でした」

ベアトリスはふたりをもてなした。廃墟の塔の大広間には、青の陣営の小隊と、緑の陣営の学者たちが揃《そろ》っている。

「手紙にも書きましたが、私は北部地域に缶詰工場を作るつもりです。イルバスの食糧の保存法は塩漬けやガラス瓶の詰め物が主流です。ですがこれではまだ利便性が良いとは言いがたい。いずれはさまざまな食材を多様な味付けで長期保存、携帯可能にする技術がこの国には不可欠だと思っています。そこでおふたりの力をお借りしたいわ」

「御意《ぎょい》」

ウィルは口を開いた。

「時に、ギャレット殿はどちらに」

「ギャレットには、出ていってもらいました」

ベアトリスは淡々と答える。

ウィルとルークはそれぞれけげんそうな顔になった。

「彼を王杖《おうじょう》にするには、色々と難しいこともあるのです。しばらく互いに頭を冷やそうと意見が一致したものですから……」

事前の打ち合わせ通りの台詞《せりふ》をのべる。

彼がニカヤへ向かったことは伏せている。いずれ露見するだろうが、そのときにはすでにギャレットはニカヤの土を踏んでいる頃だろう。

ウィルはそれ以上ベアトリスを質問攻めにすることもなく、ギャレットに関する話題に深入りはしなかった。そのかわりに提案した。

「さようでございますか。それでは、僭越《せんえつ》ながらギャレット殿にかわり御身《おんみ》をお守りいたします。そうとは知らず、小隊ひとつしか連れて参りませんでしたが、側近が不在ではなにかと不便でございましょう」

「まあ、ありがとうございます、ガーディナー公」

でも大丈夫よ――。

今までのベアトリスなら、そう続ける。

「それでは、お言葉に甘えてしばらくの間お世話になるわ」

頭《こうべ》を垂れていたウィルは、とっさに顔を上げた。

「は……」

「どうかして？」

「いえ。誠心誠意、陛下をお守りいたします」

壁際《かべぎわ》でなりゆきを見守るベンジャミン・ピアスが、くちびるをゆがめて笑っている。

「ルーク。あなたにはギャレットに代わって、私の助手をお願いしてもよろしい？」

「……はい」

「缶詰の材料になにが適しているのか、じっくり考えたいのよ。申し訳ないけれど、あなたには私の用意したお屋敷から廃墟の塔に毎日通っていただくわ」

「かしこまりました」

「北部地域で採《と》れる野菜や魚、肉類を缶詰にできないか――。これにかんしては、先に客人のベンジャミン・ピアス子爵が研究を始めています。ルークは彼と共に私に力を貸してちょうだい」

ふたりの男に、それぞれ指示をくだした。

ベアトリスは、ここにいないギャレットを想い、ほほえんだ。

「彼がいなくなってから、しばらくひとりで部屋に籠《こ》もっていたの……。最近は寒さも増したからか、心細かったわ。王都からみなさんがいらしてくださって頼もしいかぎりです。まずは長旅の疲れを癒《い》やし、ゆっくりとおくつろぎくださいね」

男性陣は、女王のしっとりとした儚《はかな》げな表情にしばし目を奪われていた。

はじめに我を取り戻したのはウィルである。すぐに姿勢を正し、口を開いた。

「もったいないお言葉でございます」

次にルークが、恭《うやうや》しく礼をした。

「女王陛下のお心遣《こころづか》いに感謝いたします」

女王の雰囲気が、あきらかに変わった。張り詰めた糸のような緊張感をともなっていた彼女だったが、今ではほんのりと親しみやすさがあらわれている。彼女が時折見せる憂いを帯びた表情は、男たちの庇護《ひご》欲をかきたてた。

廃墟の塔から要請を受けた使いたちは、とある心構えをしていた。めったに人をそばへ寄せ付けない、かたくなな女王の相手をしなければならないという、憂鬱《ゆううつ》な心構えである。彼女の変化に安堵《あんど》すると同時に、彼らは己の使命についていま一度考え始めた。王都からはるばるやってきたからには、女王の役に立ちたい。それが、己の主君のためにもなる。

ベアトリスが視線を向けると、ベンジャミンはゆっくりうなずいた。

女王の見せた隙《すき》は、両陣営の家臣たちをひとつにさせる。

「では、堅苦しいのもなんですから。今から料理を運ばせます。缶詰にする前の食品ですが、できたての試食を始めましょう。せっかくですから、みなさんでいちどきに召し上がってください。ご意見は給仕にそのまま伝えて」

女王が目配せをすると、テーブルが運び込まれ、すみやかに食事の用意が始まる。試作品の料理が並べられた。

「ウィル、ルーク、こちらへ」

ベアトリスはそばにふたりをまねき寄せる。

王杖候補と決別した女王。リルベクの土地にひとり寂《さび》しく籠もり、王都からやってきた男を歓迎する。

（この缶詰工場の話ですら、王杖候補を選び直したい理由づけだと思うことでしょう）

もちろん、缶詰製品の作成が成功し、イルバスの助けになるなら言うことはない。共同統治というからには、それぞれの陣営が協力して物事にとりかからなくては。

（いがみ合うだけの統治は終わりよ。ギャレットの件、ふたりには騙《だま》しているようで申し訳ないけれど……赤の陣営が揃うまでは）

遠慮していては自分が呑まれる。ベアトリスが立ち続けること。それが両陣営を守ることにもつながるのだ。

ベアトリスはワイングラスを掲《かか》げた。

「それではみなさま、大いなる食料保存の発展を願って」

乾杯の合図と共に、彼女の戦いは始まったのである。

＊

研究室代わりに使っている、廃墟の塔の一室。ベアトリスたちは毎日ここに足を運び、缶詰製品にしたあとの料理や食材の変質具合を調べ、成果をこと細かに記録していた。

その日の仕事がいち段落し、ベアトリスが腕を伸ばしたときだった。

「ベアトリス陛下。少し、内密にお話ししたいことがあるのですが」

ルークの言葉に、ベアトリスはうなずいた。

「ウィル。申し訳ないけれど、少しの間席を外していただけますか？」

ウィルは目を見張った。

「ですが」

「大丈夫です。なにかあれば呼びます。続き間に控えていてください」

はっきり言われては、ウィルも従うほかない。

……あの反応を見れば、ルークとベアトリスの噂《うわさ》を耳に入れていたのだろう。牽制《けんせい》するような視線をルークに向けている。

ベンジャミンに視線で問われ、ベアトリスはうなずいた。またベアトリスを襲おうとするほど、ルークも浅はかではないだろう。

ふたりが続き間に吸い込まれてゆくと、ルークは声を落として口をひらいた。

「私が一緒で、ご不快ではないですか」

ルークはそうベアトリスにたずねた。

渡航経験が豊富な彼は、外国の食糧保存法についても明るい。船旅では保存食に大いに世話になっていたのだという。ハーブ類で殺菌した魚や肉など、彼の助言でいくつかの新しい試作品ができた。

外国語の文献はベアトリスより速く読み解けるし、速記も得意である。サミュエルは良い事務官を持っている。

「いいえ。ピアス子爵をよく助けてくださっているわ」

「……身に余るお言葉でございます」

一瞬、彼の瞳がかげる。ベアトリスはあの夜のことを思い出し、小さく息をのんだ。ギャレットから、ルークにはよくよく気をつけるように言われている。続き間にはベンジャミンやウィルがいる。

サミュエルにはきちんと話をした。もうルークが自分を襲う必要などどこにもない。

（これまでの態度からして、反省もしてくれているようだし）

彼は必要以上にベアトリスに近寄らないようにしている。人ひとりぶんは必ずあけて、偶然であってもふたりきりにならないようにしていた。

ルークにその意思はないのだ。自分に言い聞かせるように、ベアトリスは心の中でそうつぶやいた。

こぶしをにぎりしめ、彼女は笑みを浮かべる。

「本当に、助かっているのよ」

「サミュエル殿下からのご命令により、私が廃墟の塔へ向かう人員として選ばれたとき……はじめはお断りしました。ですが、きちんとした謝罪もできていないままだった。お詫びにもならないでしょうが、私の力が役立てられればと思い、こうしておめおめと参った次第です」

「あなたが来るだろうと覚悟はしていたわ。先触れもいただいていましたし」

「本当に……申し訳ございませんでした」

膝をつき、頭を下げるルーク。ベアトリスは「やめてちょうだい」と言った。

「思い出したくもないもの。結局なにもなかったのだし、命令したのはサミュエルでしょう。……あの子は、どうしている？」

「あれからしばらくの間、すっかりふさぎ込んでしまわれました」

容易に想像できる。サミュエルには相当こたえたのだろう。良い薬になればいいのだが。

「とにかく、過去のことは水に流しましょう。今は缶詰の製作を成功させることが第一だわ」

ベアトリスは気持ちを切り替えると、新しい素材を手に取り、試作品の缶に入れ込む。はんだ付けで手製の蓋《ふた》をした。

「加熱した食品を缶に入れるのではなく、缶のまま一度加熱し、空気穴をあけて、その穴をふさいだ方が良いでしょうね」

「穴はあけたほうがいいの？」

「加熱で一度膨張《ぼうちょう》します。缶の素材にもよりますが、金属の容器に食品を入れることで雑菌も増えますので、加熱は十分にしないといけません」

「そうなの……」

「菌類の研究に詳しい学者をもう何人か呼び寄せます。手紙を書きますので」

てきぱきと仕事にかかるルーク。先ほどの暗い雰囲気はなりをひそめている。やはり自分の考えすぎなのだ。ベアトリスは安堵しつつ、新しい缶に手を伸ばした。

＊

馬車に乗り込み、リルベクの町々につながる山道をくだる。

震動に身を任せながら、ぼんやりと考え事をしていると、ベアトリスの護衛をつとめるウィルが口を開いた。

「陛下。あまり、ルーク殿とふたりきりになられないほうがよろしいかと」

はっきりとそう言われ、ベアトリスは苦笑した。

「ごめんなさい。ご心配をおかけしたわね、ウィル」

「陛下には不名誉なことでしょうが、いろいろと彼と陛下についての口さがない噂が存在しているのはたしかです。アルバート陛下は、このことを大層気にされておいでです」

緑の陣営の貴族たちがことさらに、女王とベルニ伯爵家の跡取りの密会を、この目で見たとふれてまわっていたらしい。

もちろん、アルバートはそのような噂は信じない。

「事実無根の噂をばらまく者は厳罰に処すとおっしゃり……以降は静かになりましたが」

「怒って椅子でも蹴飛ばした？」

「机を破壊なされました。剣で花瓶をたたき割ったり、カーテンを引き裂いたり。青のサロンはめちゃくちゃです。修復作業に時間がかかりました。大変迷惑でしたので、御身《おんみ》には十分に気をつけていただきたい」

物や人に当たり散らすのは弟と共通する彼の悪癖《あくへき》である。家臣たちはたまったものではないだろう。

「それはおそろしいわね。お兄さまは、ルークを呼びつけて乱暴しなかった？」

「おおごとにしてはベアトリス陛下の名誉にかかわると、表向きは自制しておいででした。女王陛下ご自身もこの件に関してはなにもおっしゃられなかったので、それがベアトリス陛下のご意志だろうと。ですが俺たちの前ではずっと荒れておられた」

「なにもなかったのよ。信じてもらえないかもしれないけど」

「俺はそのように信じます。アルバート陛下も、『トリスははめられたのだ』ときっぱりおっしゃいました」

「ギャレットのことは、聞かないの？」

「俺には直接関《かか》わりのないことです。陛下の護衛が減ってしまったのは問題ですが」

ウィルは淡々と続けた。

「本当に困った状況になったら俺を頼ってくださいと、以前申し上げました。こうして青の陣営に声をかけていただいたのは名誉なことです。ギャレット殿やルーク殿のことはともかくとして、俺は俺の仕事をするだけですから」

「あなたのそういうさっぱりしたところ、好ましいと思っているわよ。人としてね」

「俺も、人として光栄です」

馬車が停まり、御者《ぎょしゃ》が扉を開く。

青の陣営、王立騎士団のリルベク駐屯地《ちゅうとんち》である。

必要以上に廃墟の塔のそばには寄せ付けないようにしていたが、まさかこうして自分からたずねることがあろうとは。

「彼らに試作品の缶詰を持たせ、登山訓練をさせます。今日は天候も比較的恵まれておりますが、万が一のために悪天候のさいの記録もほしいとルーク殿から依頼がありましたので、二回ないしは三回の訓練が必要です。指揮は私の引き連れてきた小隊がとりますので」

「女王陛下、本日はよろしくお願いいたします。駐在部隊で隊長をつとめております、ローガン・ベルクです」

駐屯地の責任者である青年が、恭《うやうや》しく礼をした。

ぱっちりとした瞳が特徴の、童顔の持ち主だった。女王の訪問に興奮しているのか、期待をもったまなざしでベアトリスを見つめてくる。まるで子犬のようだとベアトリスは思った。

「リルベクに配属されてから、常々女王陛下のお役に立ちたいと思っておりました。試作品はいくつでも持たせていただいて構いません。必ず僕たちが背負いきって、リルベクの山々の頂《いただき》まで運んでみせますので！」

「今日はやたらとはりきっているな」

ウィルに声をかけられ、ローガンは破顔《はがん》した。

「はい！　まだ若い部隊で、日々治安維持につとめておりますが、なかなか大がかりな訓練などは実施できなくて。みなの実力を試す良い機会です。あわせて陛下の試みに少しでも関与できるなら、この上ない幸せというもの」

訓練は、ベアトリスが許可しなかった。下手《へた》に山に分け入られて、地下施設を見つけられたら困るからだ。

ベアトリスはローガンと挨拶《あいさつ》をかわし、ふと目を伏せた。

……以前は、関わろうともしていなかった。

兄のよこした軍隊など、自分を抜け目なく見張る看守でしかないと思っていた。

ベンジャミンの助言がなければ騎士団へ声をかけるなど、しようともしなかっただろう。

「実はこの缶詰、まだ手作業での製造なのよ。製産数に限りがあるのでいくつでも、というわけにはいかないのだけれど。気圧の変化による影響を心配しているの。缶に膨張があったなら、どのくらいの標高でその傾向が見られたか、記録をとってほしいのよ」

後続の小隊が到着する。缶詰は最後尾の小さな荷馬車に積んであるだけだ。

ローガンは照れたように笑った。

「申し訳ございません。はりきりすぎたようで」

「こちらこそ、突然こんなことを頼んで申し訳ないわね」

ローガンはすっきりとした口調で言う。

「山岳訓練の良い機会に恵まれました。ルートは女王陛下のご指示通りに。準備が整い次第、出発いたします」

敬礼し、ウィルの指示にのっとり隊をととのえる。

ウィルは、てきぱきと動くローガンを感心したようにながめている。

「ローガン・ベルクは気立てが良いです。子どものように素直で、大人よりよく働く。まだ若いので頼りがいがないように見えますが、あれで立派に戦えます。王都の入団試験では好成績を残しておりますので」

女王が駐屯地にたずねてきたことで、嬉々《きき》とした様子のローガン。彼の横顔はみずみずしい生気で満ちあふれている。

「彼をここの責任者に任命したのは、アルバート陛下です」

「お兄さまが?」

「ベアトリス陛下が駐在軍をそばに寄せ付けないようですので、急遽《きゅうきょ》隊を編制しなおしました。女王に反感を抱かないような、人柄の穏やかな者ばかりを集めたのです」

もっと血の気の多い人物がリルベクを担当すれば、不満をぶつけてきたはずだ。

北部の土地に留め置かれたお飾りの駐在軍。おそらくここに配属されるのは田舎《いなか》貴族の次男や三男ばかりだろう。行動の自由を与えられず、出世の道は見えず、女王のねぎらいもないのであれば、くすぶってしまう。

もっと自分たちを認めろと、主張してきてもいいはずだった。

「気がつかなかったわ……」

兄の気遣《きづか》いだったのだ。ベアトリスはこぶしを握った。

知らず知らずのうちに、助けられていたとは。

「お兄さまは、私を、ただの国璽《こくじ》を持った道具のように思っているのだと……」

「まぁ、アルバート陛下はそう思われても仕方のない言動をとってきたかと」

「かばわないのね」

ベアトリスはくすりと笑った。

「事実ですから。ですが、それほど冷たい方であったなら、俺は王杖の任を受けていないです。ベアトリス陛下に求婚することもなかったでしょう。……アルバート陛下は嵐のように敵をなぎ倒すお人ではありますが、嵐には必ず目があります。陛下は、あなたを目の中に入れてしまいたかっただけだ。それがベアトリス陛下にとって、どのようにうつるかは別として」

ウィルは目を細めた。

「人によっては、自らその目に飛び込んでゆくのですけれどね。ベアトリス陛下は、ご自身も呑み込まれないほど大きな嵐になってしまわれた。おそらく、それだけなのだと思いますよ」

「……そう」

幼い頃に追いかけていた、兄の背中を思い出す。

アルバートは強い。ひとりでも十分に国を背負っていける。

ベアトリスはその手に引かれて、己も王たるべく日々を重ねたのだ。

「私たち、兄妹ですものね」

彼女の言葉に、ウィルはゆっくりとうなずいたのだった。

第四章

イルバスに伝わるニカヤの「春」を、ギャレットは肌で感じ取った。

あたたかい。優しく包み込むような、柔らかな風。真昼の太陽はときにぎらぎらと熱く、通り雨は恵みのひとときだった。

雪国で育ったギャレットは、色とりどりの花々に蝶がたわむれる様子にすら感動をおぼえた。

だが、しのびよる戦乱の影をふりはらうことはできない。

甲冑《かっちゅう》姿の軍人が、街を闊歩《かっぽ》する。王宮の近辺にはものものしい警備がしかれ、緊張感がただよっていた。

まばゆい春が、いまにも奪われようとしている。

「大変な状況の中、勉学の機会をいただけたことを誠に感謝いたします」

謁見《えっけん》の間で、ギャレットは深々と礼をする。

味方が少しでもほしいニカヤ国王は、ベアトリス直筆《じきひつ》の書状を持って現れた彼を歓迎した。

ギャレットはニカヤ国の議会を傍聴《ぼうちょう》し、王や側近たちの実力をさぐった。

まず彼が目をつけたのはイルバス人の流れをくむニカヤ人たちである。

島国でありながら、多種多様の人種が平和に暮らし、さまざまな言語を操る国民たち。

ギャレットの少しあやしいニカヤ語よりも、ニカヤ人があやつるイルバス語のほうが流《りゅう》暢《ちょう》であったが、彼は負けじと習いたてのニカヤ語での会話をつらぬいた。

「がんばっているな。だが私の前では無理しなくともいいぞ。イルバス語は子どものころから話せる」

感心したように言う青年は、ザカライア・ダール。ニカヤ王室で外交をつとめる男だった。文武両道であるが、一番得意なのは実は絵を描くことだとされている。ニカヤ王室のあちこちに飾られている絵画は彼の手によるものだとか。

議会の後で、広間に飾られた彼の絵をぼんやりとながめていたら、話しかけられたのだった。額縁《がくぶち》におさまっていたのは、灰色の空と、それを濃くしたようなうすぼんやりとした海の絵である。そのものさみしさは、まるでイルバスの海岸のようだと思っていたのだ。

「想像の中のイルバスだ。合っているか？」

「とてもよく描かれていて、驚きました」

「それは良かった。最近描いたものなのだが、本物を見たことがないからなにぶん自信がなくてね」

　銀色の髪に、つり目がちの青の瞳。冷たい美貌の男だったが、その見た目よりも気さくな性分らしい。

「ずいぶんあなたはイルバス語がうまいな。それに顔立ちも、イルバス人のようだし。父か祖父の代のご家族にイルバス人がいるのか？」

「ああ、亡くなった祖母が生粋《きっすい》のイルバス人だった。イルバス語を教わったのは祖母からだ」

「なぜおばあさまはニカヤへ？」

「さあね。肝心なことになるといつも口をつぐんでしまう人だったから。二十代のころにニカヤへ渡ってきたらしい。あの頃のイルバスは戦争もあったし、おそらく祖国から逃げ出したんだろう。私もあまり、嫌な思い出に触れない方がいいかと深くは尋《たず》ねなかった」

　彼の祖母が戦争から逃れニカヤへたどり着くと、のちにニカヤ王の側近となるダール伯爵と結婚した。ザカライアの祖母はたいそう頭の良い女性で、彼女の助言でダール伯爵は貿易事業を成功させ、多くの財産をためこむことができたのだという。

「俺はおばあさまそっくりの見た目なんだが、まだイルバスを見たことがない。興味あるよ。イルバスは皮膚が切れそうなほど寒いのに、みんなよく働くんだってな。軍も強い。この先、俺たちはカスティアに勝てるのか……」

ザカライアの顔が曇る。

「弱気なことを言ってどうする、ザカライア」

ニカヤ人らしい浅黒い肌とがっしりとした体つき。ザカライアの肩を叩《たた》くヨアキム・バルフは典型的な軍人だった。ニカヤ海軍で将軍をつとめ、王の信頼も厚い。

「たしかに我々の世代は、戦争の経験は少ないかもしれぬ。ニカヤは長いこと平和だったからな。だが平和な世をもたらしてくれたご先祖様たちのためにも、命がけで国を守らねば。これまでも天災からの復興など、さまざまな苦難を共に乗り越えてきたではないか。我々にできないことはない」

暑苦しく、楽天的なきらいはあるが、この豪放磊落《ごうほうらいらく》さが彼の魅力だった。

「なあ、イルバスの王室はどうだ。あちらは共同統治なのだろう」

「誰が王になるか、争わなくていいよな。王の子みんなが王になれる」

ヨアキムの能天気な言葉に、ギャレットは苦笑する。

「そう単純なものでもない。共同統治には共同統治の難しさがあるものだ」

ザカライアは声を低くする。

「……実を言うと、ニカヤ王室は揺れている。お気づきかと思うが。カスティアにつけ込まれる事態をまねいたのは現国王陛下の落ち度だと糾弾《きゅうだん》する者も現れた。国王陛下は民《たみ》の命を守るためにできるだけ戦争を避けようと努力なさったが、そんな陛下に見切りをつけて、カスティアに寝返った者もいるのだ――」

「ザカライア」

ヨアキムが彼を止めようとするが、ザカライアはかまわずに続けた。

「どうせいつかはギャレット殿の耳に入る。それならば誤解なきよう、我々の口から話しておきたいのだ」

いつか鉄鉱山で捕らえた盗掘者は、ニカヤ人の支援をほのめかしていた。

ニカヤ国は窮地《きゅうち》に陥《おちい》っている。さまざまな人種の寄せ集めであるニカヤ人たちは、親戚や友人のツテをたどり、次々と亡命。国王のもとへ残ったのは、寄る辺《べ》のない国民たちと、彼を支援しようとする忠義に厚い家臣だけだ。

「おばあさまのご家族はイルバスにいらっしゃるんでしょう。連絡をとって、イルバスへ渡ることは考えられなかったのか」

「まさか。国王陛下を見かぎるなど、考えられない」

ザカライアは憤慨《ふんがい》したように言う。

ギャレットは慎重にたずねた。

「……国王陛下《へいか》は、ザカライア殿にとって、どんな方ですか」

「幼い頃は、兄のような方だった。私に剣を教え、共に学び、そして私の絵を気に入ってくれた人だ。祖母は私が絵筆を取ると嫌がり、絵の具の匂《にお》いがすれば私を家から追い出した。優秀な方だし、私のことはかわいがってくれたが、絵に関してはなにか嫌な思い出があったんだろう。陛下はそんな私をなぐさめ、こっそりと王宮の一間を貸してくれた」

「そんなこともあったな。私と陛下は芸術にはうとくてね。いつもザカライアが描く絵をながめながら、ふたりで菓子をむさぼって、女官たちに叱《しか》られたよな」

ザカライアとヨアキムは、国王陛下の幼なじみらしい。

「そのときからだ。心から、陛下のお役に立ちたいと思ったのは」

彼は絵筆を取るのをやめなかった。それと同じくらい、剣もペンも取った。国中をかけまわり、少数民族の声を聞き取ってまわった。火種が小さいうちに多くの反乱を鎮《しず》めてきたのは、彼の努力によるものだ。

ザカライアが動き、消せない火種はヨアキムが武力でおさえる。国王のすぐそばに、危険がせまらないように。

「国王陛下は、ザカライア殿やヨアキム殿にとって、かけがえのないお方のようだ」

ギャレットが言うと、ふたりとも優しげな顔をしたが、すぐに顔つきをひきしめた。

「だが、このままでは陛下は玉座《ぎょくざ》を追われることになるだろう」

「そうならなくても、戦争に負ければ国はなくなる。陛下にとってはここが正念場だ」

ギャレット殿、とヨアキムは口を開いた。

「このような時期にベアトリス女王陛下からの書状をもって現れたあなたに、俺たちは無意識に期待してしまっている。滞在中は、さまざまな話を聞かされるだろう」

イルバスなら助けてくれるのではないか。

あわよくば、自分たちの亡命を手助けしてくれたら――。

そう思ってギャレットに近づく輩《やから》は、残念ながらひとりではなかった。

「だが心してほしい。あなたが守るべきは、あなたの女王だけだ。みなが魂を捧《ささ》げた君主のために戦い、生きる理由とするのだ。あなたも、あなたの女王を守られよ」

ヨアキムはそう言うと、鍛錬をしてくると告げ、さっそうと去っていった。

「まったく、単純な性格だ」

ザカライアはそう言って、ヨアキムの背中に視線をやった。

「私はまだ起きてもいない出来事を想像しては悩んでしまう、悪い癖《くせ》があってね。そういうときヨアキムと会うと、思考がすっきりとしてくる。家臣とはどうあるべきかを、いつも彼から教わるよ」

「そうですね……」

あなたも、あなたの女王を守られよ。

ヨアキムの言葉は、力強くギャレットの胸に残った。

「今のニカヤ王室は安定しているとはいいがたい。後学のためとはいえ、あまり人付き合いをしすぎて深みにはまるのは避けた方がいいだろう。ヨアキムの言うとおり、あなたが守るべきは女王ひとりだ」

「ザカライア殿」

「私も、万一のさいの民の脱出経路について考えてみることにするよ。それではギャレット殿、またの機会に……」

「脱出経路に、関してですが」

ギャレットは口を開いた、
俺は、俺の女王を守る。

そのために必要だ。

ザカライア・ダール。

ヨアキム・バルフ。

忠義に厚いニカヤの男たち。彼らは祖国が受けた恩を忘れはしない。女王を食らおうとする、悪辣《あくらつ》な家臣にはけしてならない。

「船は……ご入り用ではないですか？」

ギャレットは、試すようにたずねたのだった。

*

「サミュエル殿下。……こちらです」

ルークはカンテラを揺らし、合図をする。馬から降りたサミュエルは、緊張した面持《おもも》ちでたずねた。

「本当にここに、姉さんが隠している武器庫があるというの？」

「間違いありません。鍵がぴったりとはまりましたから」

リルベク山間部。そのさらに奥地にある地下施設への入り口を見つけると、ルークはすぐに手紙を書き、主君を呼び寄せた。

「鍵……？」

「ベアトリス女王の鍵です。王宮で彼女の部屋に忍び入ったときに、拝借して合鍵を作りました」

ベアトリスの私室に入ったとき、ルークは手早く彼女の持ち物をさぐった。そのなかでも彼の目に留まったのは、古めかしい鍵だった。麻紐《あさひも》でくくられただけの、粗末な鍵。女王が身につけるにはふさわしくない品だ。なにかがあると思い型を取っておいたのである。

ルークはゆっくりと階段を下りる。サミュエルは彼の背中に続いた。

思った以上に調査に時間がかかった。ウィル・ガーディナーが邪魔だったので、女王に形ばかりの謝罪をして油断させ、自分への監視の目をゆるめさせた。

女王が武器を隠し持っているのなら、青の陣営に見つけられたくはないだろう。山岳訓練のルートからはずれた場所に隠されているはず。

ルークの読みは見事に当たった。隠された地下施設を見つけたとき、彼は勝利を確信した。

鍵穴に鍵をさし入れて回し、ゆっくりと扉を開く。更に階段をくだると、目の前に現れたのは大量の兵器の数々だった。

サミュエルは息を呑んだ。

「これは……」

「ベアトリス陛下が隠し持っていたものです」

想像以上の規模だ。銃や弓、剣や斧、槍だけでなく、大砲も揃《そろ》っている。積み上げられた木箱の中身は火薬か。この武器をもってふいをつかれてしまえば、ひとたまりもないだろう。

「隠し武器を持っているとはわかっていたが、これほどのものとは思わなかった」

「女王陛下は兄にも弟にも良い顔をし、相手が油断したところで始末してしまおうとお考えだったのでは。だからこそ、どちらの陣営の王杖《おうじょう》も受け入れなかったのでしょう」

「そんな……」

「この脅威《きょうい》をそのままにしておくわけにはいきません。サミュエル様、今一度この事実をベアトリス陛下にたしかめるべきです。正式な手順をふんで」

「会議で女王を糾弾しろと？」

「緑の陣営のためです。そしてあなたのため」

ルークはサミュエルの顎《あご》をなでた。彼は迷っている。もうひと押しが必要だった。

「結局、ベアトリス陛下はあなたを裏切ったではありませんか。女の身でありながら、あなたを呑み込むとさえ言った。ひと昔前なら、男の王位継承者が存在するかぎりは女が王冠をかぶるなどありえなかったのです」

王宮でベアトリスがルークを――サミュエルを拒絶したことは、未《いま》だに彼の心の傷となっている。傷口をひとなでしてやれば、サミュエルは痛みに顔をゆがめる。

「……ひと昔前の話だろ。今は違う」

「歴史など、簡単にひっくりかえりますよ。先代の国王と女王は仲が悪く、家臣たちもそれは苦労していました。みな共同統治のありかたにはうんざりしているのです」

「だが、共同統治がなければ第三子の僕が王位を継ぐこともありえなかったんだ」

うつむくサミュエルのおとがいをつかみ、ルークは彼のまだらな苔《こけ》色の瞳をのぞき込む。

「王はひとりでいい。あなただけで。優秀な王がひとりいれば」

「兄さまは……姉さまはどうなる」

「ベアトリス陛下がこの武器を隠し持っていたことが明るみになれば、兄君と弟君の排除を企《くわだ》てていたかどで王位を返上せざるを得ないでしょう。さらにはアルバート陛下と、兄妹で結託して緑の陣営を攻撃しようとしていたということにしたなら……」

「お前のでっちあげじゃないか」

「真実ではないと、誰が言えるのです。アルバート陛下がベアトリス陛下を幼い頃からかわいがっていたのは周知の事実だ」

「だけど……」

サミュエルは後じさった。もう少しだ。ルークは悪魔のような甘ったるい声でささやきかけた。

「このままなにごともなかったことにすれば、いずれ緑の陣営はついえるでしょう」

己の弱さは、サミュエルが一番自覚している。

自分に自信がないから、側近に頼りきりになってしまう。サミュエルの精神の均衡《きんこう》は、ルークが保ってやっているのである。

「このまま戴冠《たいかん》して、アルバート陛下と渡り合えると思いますか？　ベアトリス陛下を追い落とすまたとない機会です。少なくともひとり、サミュエル殿下の脅威《きょうい》は消えるのです」

「兄さまが……姉さまを、守ろうとするかもしれない。僕の嘘を暴いて」

「ベアトリス陛下は、ウィル・ガーディナー公の求婚を断っています。アルバート陛下にとっても、そこまでしてやる義理はないでしょう」

「僕は……」

「あなたは本来、王朝にとって不要な人間です」

ルークは事実を繰り返してやった。

「あなたは誰にも戴冠を望まれなかった。不必要な王子として、王宮に巣くうやっかいな病魔になりかけている」

「僕は、病魔なんかじゃない‼」

武器庫に彼の声がこだまする。

ルークは満足そうにうなずいた。

「もちろんです。あなたをそんな風にしたのは、今王冠をかぶっている者たちのしわざですよ。本当のサミュエル殿下を、取り返さなくては。恐れていては、なにもできないのですよ」

サミュエルは暗い瞳でルークを見上げる。彼はほくそ笑んだ。

落ちた。純粋で姉想いのサミュエル・ベルトラム・イルバス。

信頼できる家族に裏切られた憎しみを胸に、ルークの手を取る。

「会議の、招集を……」

彼が言いかけたそのとき。

誰かが階段を下りてくる、乾いた音が、響き渡った。

虫の知らせというべきだろうか。

＊

ガラスがひびわれて、造花の花がぽきりと落ちた。

侍女たちは「不吉な」とこぼし、すぐさまそれを拾い上げる。

「陛下。花と茎の接着面が弱くなっていたようですわ。お直しいたしましょう」

「……いいわ。花びらもヒビが入ってしまったもの」

「まあ、本当だわ。失礼いたしました……」

「また新しいものを作るから、それは片付けてしまって」

「かしこまりました。お手すきの時間になったら道具をご用意いたしますので、お申し付けくださいませ」

ベアトリスは嘆息《たんそく》した。

ガラスの花は、一度割れてしまえば元には戻せない。ずいぶんときれいに花と茎が分かれて落ちたものだ。

（……武器庫へ行こうかしら）

青の陣営の訓練の報告は、まめに聞いている。万が一彼らが武器庫を見つけ出してしまわないように、山岳訓練のルートはこまかく指示した。報告を聞くたびに、彼らと少しずつ打ち解けていった。

——だからこそ、武器庫は見つけてほしくない。

もろいガラスの花のような信頼であっても、失いたくないと思ってしまう。

ベアトリスは立ち上がった。

「女王陛下、どちらへ」

控えていたウィルがたずねる。

「少し城下の様子を見てきます」

「ご一緒しましょう」

「いいえ。あなたには別の仕事を頼みたいの。このところ、山でクマの目撃情報が相次いでいるのよ。ピアス子爵の護衛をしていただけないかしら。彼、それでもこりずに山に入るようだから」

「……部下に任せます、と言いたいところですが、彼らは城での工事の手伝いに出してしまいましたしね」

昨日、めずらしくリルベクに大嵐がやってきた。倒木の被害で家屋がいくつか半壊したのだ。ベアトリスたっての願いで、ウィルの部下にも救助や住居の修復にあたってもらっている。

「わかりました。あまり遠くへ行かれないようにしてください。もし城外に行くのでしたら騎士団員に声をかけてください」

「わかったわ」

ベアトリスは返事をすると、信頼のおける護衛をひとり引き連れて、地下施設の武器庫へ向かった。ギャレットのそばで長らく働いていた護衛は、廃墟の鍵の存在を知る数少ない部下であった。

彼女は険しい顔で、護衛と共に橇《そり》に乗り込んだ。

なにか、嫌な予感が胸を支配している。犬たちがわふわふと白い息を吐きながら、山中を駆け抜けていく。

「あなたはここで待っていて。見張りを頼むわ」

護衛と橇を置いて、ベアトリスはゆっくりと階段を下りた。カンテラの明かりが不安げに揺れる。昼間でもこの地下施設は、真夜中のような闇《やみ》が広がっている。

ベアトリスは扉に手をかける。

(鍵が……あいている)

かけ忘れたはずがない。誰かがこの扉を開けたのだ。

心臓が早鐘《はやがね》を打つ。ここは、けして誰にも見つかってはならない場所だ。侵入した人物はいったい誰なのだろう。まだ――中にいるのだろうか。

勇気を持って、扉をひらく。ぎぎぃ、と耳障《みみざわ》りな音をたて、ゆっくりと絶望の世界が顔をのぞかせる。

人影が動いた。

「……サミュエル」

まさか、と心の中でつぶやいた。

暗い苔色の瞳と目が合った。

この場所のことは、血を分けた兄弟にはもっとも知られたくなかったのに。

「どうしてあなたがここに」

「姉さま」

サミュエルは、亡霊のような顔をしていた。ゆっくりとこちらへ近づいてくる。

「姉さまは、この場所のこと、ずっと……知っていたんだよね。知っていて隠していたんだよね。それとも、この武器は姉さまが集めたもの？」

「サミュエル、これはね……」

「いつか僕を倒すために？　それとも兄さまを？　リルベクを譲らなかったのは、武器があったから？」

「サミュエル、聞いて。違うのよ私は……」

「なにが違うって言うんだ‼」

背後で、ルークが薄気味悪い笑みを浮かべている。彼がここを探し当てたのだ。ベアトリスは彼をねめつけた。

「そうにらまないでください。なぜここを見つけられたのか、不思議そうですね。あなたの作った山岳訓練ルートですよ。もっとも登頂が簡単なルートを避けて、あえて迂回路《うかいろ》を指示していた。青の陣営に見つけてほしくないなにかが、この付近にあるのかと察したまでです。鍵は以前王宮であなたを連れ去ったときに、合鍵を作成いたしました」

「なぜここに武器があると」

「カルマ山で古い型の弾丸を拾ったものですから。あの地で見聞きした情報をすり合わせて、そう推察しました」

「子どもを迷い込ませたのもあなたね」

銀髪のお兄さんが――。あのとき山で迷子になった少女、クレアはそう口走っていなかったか。

ルークの髪は、白銀色である。

「アルバート陛下と結託し、武器の存在を隠していたベアトリス陛下。緑の陣営は主君を守るために、この隠された武器を我が物とさせてもらいます」

「お兄さまは関係ないわ」

「真実などどうでも良い。ようやく、あなたがた兄妹を攻撃するための大義名分を手にしたのです」

ルークにうながされ、サミュエルは腰に佩《は》いていた剣を抜いた。

ベアトリスは後ずさる。

サミュエルは、すっかりルークに操られている。これではどちらが主人だか、わかったものではない。

「姉さま、なぜこの武器庫を隠していた。いつか僕らに剣の切っ先を向けるためか？」

ベアトリスは、観念したように言った。

「……いいえ。争いたくなかったからこそ、この武器の存在を明るみに出さなかったのよ」

だが、それが正しいことだったのかは、今となってはわからない。

ベアトリスは秘密を押し隠すあまり、疑念を持って兄弟と接するようになってしまった。

それがベアトリスを――兄はともかく弟までを追い詰める結果となった。

「お兄さまもあなたも、武器を持ったら、きっと使いたくなる。そう思っておじいさまは私にリルベクとこの武器庫を託したの。兄と弟が争いのすえ、イルバスを焦土《しょうど》と化さないために。廃墟へつながる鍵を、私に預けられた」

「そうだね。僕はこの武器を使うだろう。この王朝に僕の名を残すなら、そうするほかないようだから」

（サミュエルはなぜ、そうして自分を追い込むの）

ほくそ笑む彼の側近に目をやる。

ルークだ。彼は幼いときからサミュエルのそばにいた。彼の心の闇に、もちろん気がついていたはずだ。

「弟に色々と吹き込んでくれたようね」

「心外だな。サミュエル殿下をないがしろにしていたのはあなただ、女王陛下」

「ベルトラム王朝に、サミュエルの名は残るわ。共同統治だもの」

「名ばかりのね」

ルークはサミュエルの肩にそっと手を置いた。

「殿下。ベアトリス陛下は、口先ばかりで相手をだます女です。けして耳を貸してはいけません」

「ルーク……」

「証拠がここにあるじゃないですか。あなたを呑み込もうとする、殺戮のための兵器が」

ベアトリスは声を張った。

「ルーク・ベルニの言葉を信じないで」

「僕は」

「彼はあなたを意のままにしようとしているわ。どちらが主《あるじ》なの？　サミュエル」

「僕……」

　サミュエルはうわずった声をあげる。ベアトリスとルークの間に視線をさまよわせ、逡《しゅん》巡《じゅん》している。ベアトリスはきつい口調で付け加えた。

「あなたは王になるのよ。ルークにいいようにされてはいけません。家臣は、王に仕《つか》えるものよ。けして操るものではない」

「心外だな。私はサミュエル殿下にお仕えする者ですよ。誠心誠意ね。その立場で申し上げているのです。アルバート陛下もベアトリス陛下も、サミュエル殿下にとっては邪魔なのだと」

　ルークはサミュエルの右手に手を添えた。

　剣を握りしめる、彼を支えるようにして、優しくささやきかける。

「さあ、サミュエル殿下。正しい王は不正を許しません」

「……あなたの世界を作るのよ、サミュエル。その世界の中心はあなた。ルークじゃないわ」

　自分が女王でいられるかどうかなど、このさい構わない。

　望まぬ兄弟争いがイルバスを衰退させてしまう。兄と弟のどちらも失いたくはない。

　ベアトリスは声を張った。

「私があなたを止めるわ、サミュエル」

「嵐になって、僕を呑み込んで？　それは止めるとは言わない、排除するって言うんだよ」

うっすらとほほえんだルークが、サミュエルの手の甲をひと撫《な》でして離れた。

サミュエルは右腕を振り上げる。ベアトリスは目をつむった。

覚悟を決めたが、サミュエルは腕を振り下ろせなかった。震える手で、剣を握っている。

「サミュエル……」

「僕の世界を作れって？　どうやってだ。なにもかも僕にとっては不利なこの状況で、どうやって世界を作っていける」

「作れるわ、あなたなら」

「根拠のないことを言うな！　姉さまはなにもわかってないんだ！」

ベアトリスは、サミュエルの手を握りしめた。

剣の重みは、サミュエルの心の重みだった。

この重みは共に背負える。ふたりとも、王冠をかぶるのなら。

「わかるわよ。私はあなたの姉だもの」

「……」

「よく考えて。この武器を使って私とお兄さまを排除して、ただひとりの王になって……それがあなたの、本当の望みなの？」

「僕は……」

ベアトリスは幼い頃のサミュエルを思い出していた。

温室に薔薇《ばら》が咲いたとき。きょうだい揃《そろ》って庭園で遊んだとき。

無垢《むく》で純粋な彼の瞳を見つめて、ベアトリスは彼の柔らかな髪をよく撫でてやった。

ひとりだけ離宮《りきゅう》に置き去りにされ、育ったサミュエル。劣等感を抱きながら、それでも王となるべく人生を歩み始めた。

「あなたはただ、認められたいだけ。この武器のことを明らかにしたいなら構わない。でも、これを使ってお兄さまを攻撃しては、国に混乱をもたらす。望まれた王にはなれないわ」

「――サミュエル殿下。悪魔のささやきに耳を貸す必要はありません」

ルークはサミュエルを突き飛ばした。尻餅《しりもち》をつく彼に目をやると、己《おのれ》の剣を引き抜く。

「サミュエル殿下は情が深いお方だ。甘言《かんげん》に乗せられ、判断を誤《あやま》られる可能性がある。どのみちこのような武器を隠し持つこと自体が背信《はいしん》行為なのです。この場で女王を処刑し、アルバート陛下もいずれ同じ道をたどらせましょう」

「サミュエルを操る、あなたの目的は何？　ただひとりの王の、王杖であること？」

改心して、缶詰製作に協力してくれたのだと思っていた。自分の甘さに呆《あき》れる。

「王はひとりで十分。そして王がひとりで立つためには、ますます王杖の助けが必要となる。私がその王杖となるために、サミュエル殿下はたったひとりの国王になる」

ルークは不敵に笑った。

「私はサミュエル殿下を愛している。ずっと陰から、愛《いと》しいベルトラムをお支えするのです」

ベアトリスに逃げ場はなかった。ギャレットはニカヤに。ウィルとベンジャミンもこの場にはいない。もう誰も頼れない。己が招いたことだ。

ルークが一歩を踏み出した。彼の剣の切っ先は、ベアトリスの心の臓を狙っている。

その時、ヒュッと風が鳴った。

ルークの体がぐにゃりと傾《かし》いで、不格好に倒れる。

ベアトリスの向こうに、肩で息をするサミュエルの姿があった。

なにが起こったのか。状況を整理するのに、ほんの少しの時間を要した。

「うっ……おえっ」

サミュエルが胃の中のものを吐き出す。ベアトリスは、ガラスの造花を思い出していた。

ぽっきりと折れて、もう戻ることはない花と茎。

おびただしいほどの鮮血の奔流《ほんりゅう》が、視界を赤く染め上げる。

ルークの首は胴体と離れ、無残にも床に転がった。

「サミュエル……」

それは、彼にとってほとんど衝動的な行動であった。

己の側近を斬《き》り捨てた彼は、がくがくと震えている。

ただ、サミュエルの心にはひとつの明確な意志があった。

「……僕は人形じゃない」

サミュエルは、かすれるような声で言った。

「ひとりで立てる。陰に誰もいなくても、立てる」

「……そうね」

サミュエルは、ベアトリスを見つめた。大きな瞳には涙の膜が張っている。

「誰かに動かしてもらわなくちゃいけないような、空っぽな王子じゃないんだ」

彼が剣を取り落とす、高い音が響いた。

「サミュエル……」

「ひとりで立てないって、思ってた、だけど……でもそれって、兄さままでも姉さままでも、ルークのせいでもなく……僕のせいなんだ」

ベアトリスは体に力が入らず、座り込んだ。

サミュエルも同じように、壁に背をあずけている。ふたりしてぼうぜんと、ルークの遺体をながめていた。

「ルークは僕のためにやったんだ。かわいそうなことをした」

「サミュエル」

「……ルークはいつも僕のことを甘いって言っていた。肝心なときに出るその甘さが、僕の評価を落としているって。兄と姉と比べても劣っていて、緑の陣営の家臣たちは僕に失望しているって……」

ルークは、サミュエルにずっとそう吹き込んでいたのか。

彼を愛しているからこそ、自分の手の内で踊ってくれる主君であってほしかったのか。

今となってはわからない。

「僕の甘さが、彼を殺してしまった」

「……私の不正を盾《たて》に取って、お兄さまを攻撃するんじゃないの？　そのためにルークは必要な人材だったわよ……」

「僕の本当の望みは、孤独な王になることではない」

サミュエルは膝をかかえ込んだ。

胸の内を、とうとうと語りだす。

「兄さまや姉さまに負けないような、強い王になりたかった。ただそれだけなんだ。繰り上がり式でたったひとりの国王になったとしても、僕はきっと満足しない。すでに立ったふたりの優秀な王と比べられ、苦しむだろうから」

「サミュエル」

「ずっと、姉さまさえ得られれば僕は有能な王として認められると思っていた。姉さまがいないと、立ち上がることもできないって……。誰かによりかかろうとすればするほど、己のふがいなさをかみしめるだけなんだ」

ルークに操られ、ベアトリスを排除しようとしたサミュエル。

その前は、王妃やアルバートに継承権を放棄するよう、言われ続けた。

常に誰かの思惑《おもわく》に翻弄《ほんろう》される己の運命に、彼はうんざりしていたのだ。

「ここを見つけたとき、勝機が見えた気がしたけれど、同時に不安だった。これだけ多くの武器があっても、僕のためにそれを手にしてくれる民は、どれだけいるのだろう」

ベアトリスははっとした。

「使い方を誤れば、この武器は僕に向けられる。絶対そんなことが起こらないという自信がない。逆に言えば、僕が清廉潔白《せいれんけっぱく》な王でありさえすれば、こんなものを怖がる必要なんてどこにもなかったんだ」

サミュエルは、ふっきれたような顔をしていた。

転がったカンテラを拾い上げ、武器庫を照らす。

カンテラに照らし出された彼の表情。少年の面立《おもだ》ちから、大人の男の顔つきに変わっていた。

「こんなもの、ただの道具だ。賢王なら、こんなものでは傷つけられない」

「サミュエル……」

サミュエルは立ち上がり、ベアトリスの手を取った。

弟の手を借りてベアトリスは立ち上がった。いつの間に、こんなに頼もしくなったのだろう。


「姉さんは、姉さんの思うようにここを守ればいい。僕は見なかったことにする。ルークは……」

「賊の手にかかったことにして、この地で弔《とむら》いましょう。私を殺そうとしたことがわかったら、ベルニ伯爵家は爵位剝奪《はくだつ》の上、国外追放を免《まぬか》れえなくなる。緑の陣営もただではすまないわ」

「……でも……」

真実を明るみに出せば、アルバートはこれを機に緑の陣営の粛清《しゅくせい》に取りかかるはずだ。イルバスの王室に余計な騒乱をもたらしたくはない。

「ベルニ家は長らくイルバスに仕えた忠義厚い家系。彼ひとりのために、一族すべてを否定したりできないわ。彼の家族は、あなたが守りなさい」

「姉さん。必ず……なるから。二年後までに、兄姉に並び立つような国王に」

ベアトリスは弟を抱きしめた。

彼の弱さは、自分の弱さであった。武器の山に怯《おび》え、きょうだいの争いに怯えていた。

だが彼は恐怖に打ち勝つために、賢王になることを決めたのだ。

　ベアトリスは涙をこぼした。

「私も……こんなものはただの道具だって、笑い飛ばせるような女王になりたい」

「なれるよ、姉さんなら。僕はわかる……姉さんの、弟だから」

　ベアトリスの涙をぬぐって、サミュエルは力強く言ったのだった。

＊

「女王陛下、大変です。至急の知らせが」

　いくつもの缶に埋もれたベアトリスに、急報が届いた。

　王都からもたらされたその手紙。兄アルバートからのものだ。

「開戦……カスティアと、ニカヤが」

　思いのほか早かった。まだギャレットを遣わして半年も経《た》ってない。

　ニカヤ国王の急死が、開戦の引き金となったようである。

　心労がたたったのだろうか。真夜中に胸の苦しみを訴えた王は、翌朝をむかえることなく天へ旅立った。

　混乱に乗じて、カスティア側はいっきに攻め込むつもりらしい。

廃墟の塔の使用人たちはあわただしく動き始めた。ベアトリスも、こうなってはここに籠《こ》もってはいられない。すぐに王宮へ向かわねば。

「ウィルはひと足先に戻りなさい。まもなく青の陣営は動き出すでしょう」

「ですが、女王陛下を置いていくわけにはまいりません」

ウィルはかたくなだった。

「ルーク殿のご不幸からあまり日が経っていない。護衛を減らすのは危険です」

ルークの葬儀をひっそりと終えたものの、やはりその突然の死にみなが動揺していた。真実を知るのはベアトリスとサミュエルだけとあって、ウィルは常に神経をとがらせ、ベアトリスのそばを離れようとはしなかった。

「ベアトリス陛下は、だめだと言ってもあちこちお出かけになるので困ります。そういうところはお兄さまにそっくりだ」

「まあ」

サミュエルは、ルークの葬儀に参列した後に王宮へと戻らせた。彼も開戦の知らせを聞いて、自分のなすべきことを果たそうとしているだろう。

「どこにカスティアの刺客《しかく》が隠れているかわかりません。イルバスがこれを機に軍を動かすつもりなのは、諸外国から見てもあきらかでしょう。陛下に国璽《こくじ》を押されては都合の悪い者もいるはずです」

ウィルの言うとおりであった。ベアトリスと国璽がなくなれば、イルバスは軍を動かせなくなる。

「……そうね。ではものものしくなりますが、大勢でまいりましょう。ローガン・ベルクを呼んで」

青の陣営の駐在軍。護衛に、彼らの力も借りる。

彼らは喜んでかけつけてくれるだろう。ここ数カ月で、ベアトリスと駐在軍は以前では考えられないほど関わるようになった。きっかけは缶詰開発のついでみたいなものであるが、思いがけなく大きな儲《もう》けものが得られた。

ベアトリスは完成品のひとつを手に取った。王家の紋章の入った缶詰は、肉・魚・野菜の三種類。缶を切って開ければ必要なときに栄養補給ができる。

「陛下の缶詰が役立ちそうで良かったです。俺は食べられればなんでも良いクチなので、さっそく携帯します」

「暗に味に文句を言わないでちょうだい、ウィル」

携行保存食の宿命なのか、味や風味は格段に落ちる。今のところ、缶を開けた後にスパイスで味付けをしてもらうのが一番おいしくいただける方法になりそうだ。

まだまだ改良は必要だが、少なくとも戦争中の食糧輸送の効率は劇的に上がるはず。

「女王陛下、お支度を」

侍女たちにうながされ、ベアトリスはうなずいた。

目の覚めるような赤のドレス、ベルトラム一族の家紋が金糸《きんし》で縫い取られた紅蓮《ぐれん》のマント。

それらを身につけ、花の刺繍《ししゅう》が入った靴につまさきをすべらせる。

扉のノックと共に、ベンジャミンの声が響く。

「陛下。コフリン男爵、ハーバー士爵、ナヴォー士爵がお見えだ。陛下の留守中、リルベクの治安維持のための相談をしたいと」

もとから赤の陣営に籍をおいてくれた者たちだ。

缶詰の試作品を手土産《てみやげ》に、ベアトリスはもう一歩、彼らの内側に踏み込んだ。

商人たちとの関係性の見直し、工場の長期稼働の問題点、冬場の燃料確保。

顔をつき合わせてじっくり話し合ったことで、女王に遠慮して内に秘めていたさまざまな課題が露出した。

「私がニカヤへの対策に専念できるよう、協力を約束してくれたの」

「缶詰ひとつでここまで成果を広げるか。どうなることかと思ったけれど、私の出番はほとんどなかったようだ」

「あなたには感謝しています、ピアス子爵」

自分の留守は彼に任せられる。

「そろそろだ、陛下。ガーディナー公爵と緑の陣営の学者たちをそれぞれの主人のもとへ戻し、あなた自らが動く。陛下の黒鳥は、じきに戻るだろう」

手紙はアルバートからの一通ではなかった。

海の向こう――遠く異国の地から。ベアトリスは、見慣れた筆跡を懐《なつ》かしく思う。

ベアトリスは水のない花瓶に生けられた、造花の紅薔薇《べにばら》に目をやる。

新しく作り直した、赤いガラスの花。つややかに美しく輝き、しっかりと咲き誇る。

「あなたのところにもギャレットから手紙が来たのね」

「首尾は上々のようだが……陛下とギャレットは、すれ違いになるかもしれない」

「いいのよ。ここを頼むわ、ピアス子爵。そして彼に伝えて。私の真心は、あなたの想う場所にあると」

「……伝言かな。わかった」

扉が開かれ、ベンジャミンの手を取る。彼からすみやかにウィルの手に引き渡される。

塔の玄関で、青の旗がゆらめいた。

以前ではありえなかった光景だ。ベアトリスは少しずつ、だが着実に、前へ進んでいた。

変革を恐れずに、一歩を踏み出したからこそ。

「ローガン・ベルク、ここにはせ参じました。女王陛下の御身《おんみ》をお守りいたします」

「行きましょう」

イルバスらしい、いっとう冷たい風が吹きすさぶ。

ベアトリスは力強く歩き出した。

風などものともしない。イルバスの玉座《ぎょくざ》に就《つ》く者は、寒さをも味方につけるのだ。

*

王冠をかぶり、青のマントを羽織ったアルバートは堂々たる所作《しょさ》で席に着くと、向かい合わせに座るベアトリスに向かって声をあげた。

「火急の件だ。必要なのはお前の国璽だ、トリス」

「存じております、お兄さま」

「だが、ニカヤに直接的に味方すればカスティアとの全面対決になる」

サミュエルの言葉に、アルバートは淡々と告げた。

「お前にまだ国璽を押す権利はない」

「兄さま。これは兄さまと姉さまだけの問題ではありません。僕の陣営にいる軍も、有事となれば動員せざるを得ない。黙っているわけにはいきませんから」

「トリス」

「私はサミュエルの発言を許します」

アルバートは舌打ちをした。

「俺はニカヤのために全軍を動かす心づもりだ。すでに国璽は押してある。どうするのだ、女王陛下。決断は？」

会議が開かれるのは、ベアトリスが王宮に戻ってからすでに三度目であった。

この問いへの回答は、彼女が王宮に戻ってから再三にわたって求められたが、ベアトリスは返事をしなかった。

彼女は時間を稼《かせ》いだ。来《きた》るべき時がやってくるまで。

変化を恐れる、ベアトリス。

臆病で、孤独で、必死に廃墟の鍵を握りしめてきた。

だがその鍵は——今はもう、ない。

軽くなった首を指先でおさえてから、ベアトリスは発言した。

「今はまだ、国璽は押しません」

「まだそのようなことを！　彼《か》の国を見捨てるつもりか！　祖父母世代が築いた信頼関係は、イルバスの食糧確保の問題はどうなる‼」

アルバートが声を荒らげるが、ベアトリスは眉ひとつ動かさなかった。

「俺への反抗のつもりか。いい加減にするがいい、トリス。どれだけ俺が、お前のために心を砕いてやっていると思っている」

「……十分、理解しておりますわ、お兄さま」

扇《おうぎ》を広げ、口元を隠す。

ベアトリスの背後には、逆鱗《げきりん》に触れられた王をおそらく初めて間近で見たであろうローガンが、固唾《かたず》を呑んでいる。

「イルバスを――私たちの国を守るためです。カスティア軍には隣国に援軍を用意しております。出陣の動きもある。我々が動けば、予想よりも大規模な戦争の引き金になりかねません。今は表だって動くことはできない。ご容赦《ようしゃ》くださいませ」

「姉さま。今はとおっしゃいましたが、いつかは国璽を押すつもりなのですか？」

「ええ、戦況次第ではね」

「なにをのんきな」

「そのかわりに私の黒鳥が、カスティアに凶事をもたらすでしょう」

彼なら気づいたはず。

私の真心が、どこにあるのかを。

深紅《しんく》の薔薇には、するどいトゲが生えている。

かけ込むようにして、青の陣営の軍人たちが会議の間になだれ込んでくる。

「陛下、会議の最中《さなか》に申し訳ありません」

「なんの騒ぎだ」

ベアトリスが国璽を押しさえすれば、すぐにでも船に乗り込みニカヤへ出発しようと、控えていた軍人たちだ。

「ニカヤへ向かって動き出したカスティア軍の船が、次々と撃沈されているようです」

「俺はおぼえがない。なにかしたのか、トリス」

「いいえ、なにも。ニカヤに船便で缶詰をお送りしたくらいのもので」

大量の缶詰の入った木箱の下には、ベアトリスが長らく持て余していた武器が積まれていた。

ギャレットはリルベクから一番近い港を使って船に乗り込み、新しい赤の陣営の配下たちと共にカスティアを叩《たた》いている真っ最中であろう。

「俺は国璽を押していないぞ。勝手に動いたのか」

「まさか。ニカヤ国へ支援したのではありません。ギャレット・パルヴィア男爵に試作品のおすそわけですわ」

「ギャレット……？　あのギャレットか？」

ベアトリスはゆっくりとうなずいた。

ギャレット・パルヴィア。それはギャレットが手に入れた、新しい名だった。

ギャレットは凍りつきそうな海を船上からながめていた。

不穏さをはらむ薄曇りの空。それを写しとったような、いちだんと濃い灰色の海。ザカライアの絵画とそっくり同じ風景である。

「想像以上だ、イルバスの海は」

ザカライアは鼻の頭を赤くし、震えるくちびるをどうにか動かしているようだった。

「呑み込まれたらひとたまりもない」

「俺たちは呑み込まれるわけにはいかない。わかっているとは思うが」

「ああ。……亡くなった陛下のためにも」

ザカライアは、沈痛な面持《おもも》ちで言った。

彼らの主君はもういない。最後まで国の未来を憂《うれ》う、優しい王であった。代わりに玉座に就いたのは、まだたった五歳の幼い王である。カスティアに負ければ、いとけない王はたちまち引きずり下ろされてしまうだろう。

ギャレットは銃を抱え直す。古い型のものだが、十分に戦える。

カスティアがニカヤへ向かうには、必ずイルバスの海域を通る。彼らがニカヤへたどり着く前に船を沈没させるのだ。

すでに砲戦を交え、カスティア艦を二隻仕留めた。残りは互いに弾もなく、船上での斬り合いになりそうだ。

ギャレットは、古ぼけた鍵を握りしめる。

（この戦争が大規模な世界戦争に発展する前に、止めなくてはならない。それがベアトリス様のご意志だ）

六十年ぶりに出番を迎えた武器たちが、ニカヤ人の手に渡った。

敵艦へ渡り板がかけられ、先陣を切ったのは将軍ヨアキムである。後方支援のギャレットとザカライアは、敵の狙撃の合間をぬって着々と敵艦を攻略していった。

ギャレットのそばに、負傷兵が倒れ込む。励ますように彼は声を張った。

「この戦いの結果次第で、必ず援軍は来る。持ちこたえろ」

兵を後方へ退《しりぞ》けると、部隊を交代する。ギャレットとザカライアは渡り板を蹴った。恐怖はなかった。力強い足取りで、敵艦へと舞い降りる。

「さまになっているじゃないか、ギャレット・パルヴィア殿」

ザカライアは余裕の表情だ。こたえているのは寒さのみ。海上は本来、彼らの領域である。

海に囲まれた島国で育ったニカヤ兵たちは、船の揺れをものともしない。波のうねりすら利用し、踊るようにして敵に襲いかかる。海での戦いは、こちらが有利だ。

「今、俺はニカヤ人だ。ニカヤのために戦う」

ギャレットは、ニカヤ前国王から姓を与えられた。イルバスとニカヤの架け橋。それがパルヴィアという名前と共に与えられた彼の役割であった。

血糊《ちのり》ですごみを増したヨアキムが、励ますようにギャレットを迎え入れる。

「戦え、ギャレット。ニカヤのため、そしてあなたの女王のために」

すべては己の信じる女王のために。

女王は美しい深紅の薔薇。そしてギャレットの役割は、女王を守る棘《とげ》となること。

ギャレットはうなり声をあげ、目の前の敵に剣をふるった。


ベアトリスはうっすらと目を細めた。

ギャレットはやり遂《と》げる。その確信があった。

「あくまでニカヤ人、ギャレット・パルヴィアのすることです。お兄さまや私の国璽は必要ありません」

「お前……なにを隠している。今までずっと、俺たちに秘めてきたものがあるだろう」

「兄さま」

サミュエルが制止しようと立ち上がるが、アルバートは止まらない。

「俺にその心を隠し、俺を疑い、俺を疎《うと》んだ。女王ベアトリス、お前の心の底にはなにがある。兄弟への愛か、それとも憎悪か」

彼は、己をうつす鏡。

私は彼によく似ている。血相を変えるサミュエルも、私とよく似ている。

同じ血を分けたきょうだい。愛していても、ときに憎しみ、争う運命だ。

「返答しだいでは、同じ王でも容赦はしない」

「私はお兄さまの妹であり、サミュエルの姉。けして切り離せない、ベルトラムの血の鎖で結ばれております」

　ベアトリスは静かに目を伏せた。

「では、隠し事はなしだ。心の内をさらけ出してみよ」

「陛下、そのくらいに」

「お前は黙っていろ」

　止めに入ったウィルをねめつけ、アルバートはベアトリスに視線を戻す。

「私を血の鎖から、解き放ってください」

　私は、廃墟の鍵を持つ王女。

　場合によっては自分が引き金となり、ベルトラム王朝に破滅をもたらすだろう。

　その恐怖と戦い続けていた。

　手を引いてくれた兄と、無邪気にすがりついてきた弟を傷つけたいなどと、誰が願うというのだろう。幼い頃のように、なにもかも単純だったらよかったのに。

　アルバートは虚を衝《つ》かれたような顔をする。

「お前……」

「私がイルバスを離れることを、お許しいただきたいのです」

もはやリルベクの地に脅威《きょうい》はない。生まれつつあるのは三つの陣営が混じり合い、助け合おうとする新たな風潮だ。

「イルバスを離れる……？　姉さま、どこへ行かれるというのです」

「ニカヤへ。この戦争が無事に終わり、ニカヤが一時イルバスの所領になればしばらくの間、私はあちらへ渡ります」

「ニカヤが、イルバスの所領に……？」

ベアトリスとて、ただで武器や船を融通したのではない。ギャレットを通し、国王の友人たちを赤の陣営へまねいた。彼らはイルバスの陣営として動き、自らの故郷を統治する。ベアトリス女王の名の下《もと》に。

「新たなニカヤ国王の政治は現在、ほとんど機能しておりません。いずれかの国の属国となってしまう前に、救済措置を講じていただきたい。それがニカヤ国側の意見です。お兄さま」

カスティアの属国となるくらいなら、ニカヤはイルバスの所領となる。

前ニカヤ国王はそう遺言《ゆいごん》した。

ただしすべての国民がこれに賛成しているわけではない。苦渋《くじゅう》の選択もやむをえない、彼らなりの判断だ。

ベアトリスは期限を設けた。十年だ。幼い王が成長し、ニカヤ王室が立て直されるそのときまで。そしてニカヤは再びイルバスから独立する。そのさいはイルバスの次代を担《にな》うものたちが、ニカヤ王宮で重要な役割を得るだろう。

たとえ海を隔《へだ》てても。互いの王宮で、混じり合いながら切磋琢磨《せっさたくま》していければ良い。

ベアトリスは兄を見つめた。

「私を手放すため、国璽を押してください」

「お前を、手放す」

「こうするのが一番良い。三人の王、三様の嵐。私は中間子として、国内外の橋渡しをいたします」

「断る」

アルバートは短く言い放った。

「お前を手放すなど考えられない。俺のもとで生きろ、ベアトリス」

彼は大きな嵐だ。その嵐の目に、妹弟を入れてしまいたいだけ。

今ならわかる。自分も同じ嵐を持つベルトラムだからこそ。

「お兄さまの庇護は必要ありません」

「なんのために俺のそばで育った。ニカヤを統治する任があったとしても王はひとりで十分なんだ。国に有事があったさい、命を差し出すのは王ひとりで済む。残りの姉弟は生きてさえいれば――どこにでも逃げ延びて、国を立て直せる。王冠をかぶることは、責任をかぶることだ」

それがこの兄の真意だ。

昔から、彼は変わらなかったではないか。ベアトリスがかたくなになってしまっただけで。アルバートはいつも、けして迷わない。

「俺は強いベルトラムを作る。きょうだいが全滅しないためのベルトラムを」

アルバートはベアトリスを見据えた。

「お前は女傑《じょけつ》で、俺の血の複製品で、俺の妹だ。おとなしく俺の背に隠れていろ。国を隔てればそれもかなわない」

「兄さま」

「サミュエル、お前もだ。こんなときに首をつっ込んで、生意気な意見を並べるのはやめろ。うんざりしているんだよ。お前は離宮《りきゅう》でままごとでもしているのが似合いだ。なぜおとなしくしていない！」

「それは……国王の弟だからだ、兄さま」

サミュエルは、静かに言った。

「僕たちは運命共同体だ。兄さまの言う通り、なにかが起これば、同時に首をはねとばされるかもしれない。だからこそこうして、円卓に座っているんじゃないか」

「余計なことだ」

「その余計なことが、この国のあり方なのです、お兄さま」

「──兄さまが断っても、僕が二年後に、国璽を押す」

サミュエルは腕を組んで、静かに言った。

「三人のうち二人の承認が得られれば、可決できるんでしょう？」

「サミュエル」

今は国璽を押すのがふたりだけ。アルバートとベアトリスの意見が割れれば、保留になる件も多かった。これからはサミュエルの印も加わり、止まっていた議案が動き出すだろう。

彼はすらすらと続けた。

「ギャレットがニカヤの中央で根を張っているのなら、姉さまが今あちらへ渡らなければ意味がない。研究を続けているが、まだ西部地域の土地は開墾《かいこん》が難しい。それまでは食糧調達の手だては必要だ。ニカヤが不安定になれば、他の国もイルバスに食糧を渡さなくなる。国民が飢える。僕は、それを望まない」

「だが、ベアトリスは」

「僕たちが唯一《ゆいいつ》、内に取り込めるベルトラムの中間子だ。兄さんはそう思ってる」

サミュエルは人の悪そうな笑みを浮かべる。

「だけど、本当に大事なのは身内の間での綱引きじゃない。これでうまいことニカヤが僕たちのものになれば、願ったりかなったりじゃないか」

「サミュエル。少しは言葉を慎《つつし》んで。相手を納得させるために期限を設けたのだから」

「わかってる。だが来年の冬はもっと厳しくなるかもしれない。西部の民はこれ以上待てないだろう」

相変わらずなところはあるが、以前よりは、たくましくなった。

彼は今、姉や己の立場よりも、国の未来を考えている。

「缶詰工場を西部に作りなさい。詳しいことはピアス子爵が知っています。しばらくあなたの部下として、彼を貸しましょう。それから私の度重《たびかさ》なる実験に付き合った、青の陣営の騎士団員たちの意見も参考になさい」

よりによって兄の陣営の者たちと組むのか、と言わんばかりにサミュエルが嫌そうな顔をしている。

「仲良くなさい。ずっとニカヤへ行ったままではないけれど、二年後にはあなたとお兄さまでイルバスを動かすことが多くなるでしょう」

「……トリス」

アルバートは、静かに言った。

「どうしても行くというのなら、俺の部下を連れていけ」

「お兄さま」

「そうでなければ認めない。そもそも俺はあの黒髪のギャレットが気にくわないのだ。こうなった以上は王杖にも認めざるをえないだろうが」

「……では、ローガン・ベルクを私にください、お兄さま」

「女王陛下」

ローガンはあからさまにうろたえている。

「気が進まないかしら？」

「滅相《めっそう》もないことです。ただ、陛下、僕はまだ未熟者で」

「あなたの人柄がなによりの魅力。異国の地でも助けてくれるわね？」

「よ、喜んで！」

子犬のような笑みを浮かべると、ローガンはぴしりと背を正した。

嫌みのない彼なら、どんな土地でもなじむだろう。それに体力も気力もひと一倍あることは、ここ半年の付き合いで実証済みだ。陣営に人が増えるなら、どうしても軋轢《あつれき》が生まれる。明朗快活な人となりは、ベアトリスの助けになるだろう。

アルバートは試すように言った。

「ウィルはいいのか？　お前のためなら、俺の王杖とて手放す覚悟だ」

「陛下、この期《ご》に及んで押し売りは」

「お前は黙っていろ」

ウィルは嘆息《たんそく》する。

ベアトリスは静かに告げた。

「彼はとても優れた戦士です。本当は、我が赤の陣営にほしいくらいですわ。出会ったのが、ギャレットより早かったのならね」

「女王陛下……」

「王と王杖に継ぐ三番手にするには、彼は惜しすぎる。青の陣営に残り、そこから私を助けていただきたいの」

「少しだけ残念です。ベアトリス陛下と一緒に過ごした時間、さぞかし退屈するかと思いきや、意外なことに楽しかったもので」

「退屈と意外は余計よ」

ベアトリスは苦笑する。

「いつかあなたは言ったわね。あなたはイルバスという国に忠誠を捧げた身。主君はお兄さまだけれど、女王である私の臣下でもあると」

求婚を断ったとき、彼はそう口にしたのだ。

ひとりの家臣として、国民としてベアトリスに仕えると。

「あなたという優秀な家臣を持てて、私も幸せだわ」

「そのお言葉、光栄の極みです」

ウィルは恭《うやうや》しく頭を下げる。

ベアトリスをイルバスに強くつなぎとめてくれる人材は、残しておかなくてはならない。

アルバートは渋面《じゅうめん》のままだ。

ベアトリスは期待をもって、兄の返答を待つ。

「……なるほど、わかった」

「わかってくれたの、お兄さま」

「理解したくないが、わかった」

「兄さま。意味がわからないんだけど」

サミュエルは眉根をよせている。

左右の肘《ひじ》をテーブルにつけると、額の前で両手を組み、深いため息をつくアルバート。

「国王としての俺はしぶしぶ許諾《きょだく》するが、兄としての俺は許せないので、心がふたつに引き裂かれそうになっているところだ、トリス」

「お兄さま……」

幼い頃から、アルバートはベアトリスをかわいがってきた。己の分身として。同じ王朝を継ぐ者として。それから……唯一の、妹として。

今ならわかる。彼のその強引なまでのやり口は、優しさの裏返しだ。彼にとっては支配こそが守護なのだ。その手段が、ベアトリスの生き方とそぐわないだけ。

（私たちは誰よりも近いがゆえに、強く惹《ひ》かれ合い、反発し合うのね）

サミュエルはくちびるをとがらせる。

「そもそも、ニカヤがカスティアに勝たなければ、姉さんがニカヤを統治する話もなくなってしまうんでしょう。今はそちらを気にするべきじゃないの」

「ニカヤは勝つ」

「ギャレットが暗躍しているから？」

そうは言っても、彼はまだイルバス側からカスティアの戦力を削《そ》いでいるにすぎない。戦いが激化するのはおそらくこれから。

援軍を送るかどうかはアルバートの判断しだいになるだろう。戦況によっては、ベアトリスはそれに反対するつもりはなかった。カスティアの協力国が尻尾を巻いて逃げてくれさえすれば、すぐにでも敵を追い詰められる。

「お兄さまの勝利への確信は……ニカヤへ援軍を送るおつもりだから？」

それだけ、己の軍に自信を持っているということか。

ベアトリスの問いに、アルバートはいや、と言葉を切る。

「俺は勝敗を見誤らない。俺が勝つと言ったから、勝つんだ」

彼はベアトリスに告げた。

「イルバスの女王にしてニカヤ女伯か。ふさわしい称号だ、トリス。俺の妹、ベルトラムの赤い星よ」


根拠はない、ただ自信に満ちあふれたアルバートの言葉から、ひと月後。

カスティア側は、完全に降伏した。

海上で多くの兵や船を失った彼らは、ニカヤへたどり着く頃には半数以下の戦力となっていた。ニカヤ征服の流れに便乗しようと様子をうかがっていた他の国々は、たちまち静観の姿勢をとった。

孤立無援となったカスティア軍は、ニカヤの地で討ち滅ぼされる。

幼いニカヤ国王が十五歳になり、国を継げる年齢になるその日まで、ニカヤ国はイルバスの庇護下に置かれることになった。

イルバスの女王にして、ニカヤ女伯。

兄の言葉通りの称号を、ベアトリスは手に入れたのである。

エピローグ

大聖堂の前には、多くの人だかりができていた。

この日は不思議とよく晴れた。連日降り続いていた雨雪がやみ、灰色の空の隙間《すきま》から、めずらしく陽光が差し込み始めている。

「女王陛下、お支度が調《ととの》いました」

「ありがとう」

侍女《じじょ》たちが離れる。鏡の前には、晴れの日の装《よそお》いの自分がいた。

「きれいです。とてもよくお似合いで……」

純白のドレスの大きく開いた襟《えり》ぐりを、深紅《しんく》の薔薇《ばら》の刺繍《ししゅう》が彩る。かぶせられたヴェールの裾《すそ》にも揃《そろ》いの紅《べに》薔薇を。王冠が似合うように装飾は必要最低限だが、それでも赤で飾ることにこだわった。

女王にふさわしい婚礼衣装だ。

「私の黒鳥は、今頃胸に同じ薔薇を挿《さ》しているかしら……」

今日はギャレットの王杖就任日《おうじじょう》である。

戦いを終え、ベアトリスは無事にニカヤ女伯《じょはく》となった。夫となるギャレット・ピアス——ニカヤでの名をギャレット・パルヴィアと共に、これからしばらくの間ニカヤへ足を運ぶ。

赤の陣営にはニカヤ人のザカライア・ダール、ヨアキム・バルフを迎え、二国をまたにかけた独自の陣営ができあがりつつあった。

「姉さん。入ってもいい?」

「どうぞ、サミュエル」

ベアトリスが入室を許すと、サミュエルはゆっくりと部屋に入ってきた。

少し背が伸びた。中性的な顔立ちはそのままだったが、不安定なあのころの弟ではない。ちょっとふてくされたような顔をすると、まだほんのすこしあどけなさがのぞくが。

「しばらく会えなくなるから、来ちゃった。……今までで一番きれいだね」

「ありがとう。相変わらず甘えん坊ね」

「まあね……。でも、姉さんがニカヤへ行くのを、支持したのは僕だから。姉さんがいない間、しっかりやるよ」

たしかめるように、彼は付け加える。

「来年の僕の戴冠式《たいかんしき》には、帰ってくるんでしょう」

「当たり前じゃないの。こちらへ来なさい」

ベアトリスは腕を広げて、かがんだ弟を抱きしめた。

頼りなく、自分の手にすがってばかりいた小さなサミュエル。彼はほどなくして国王になる。ずっと、くずれ落ちそうなほどもろかった弟。抱きしめ返す彼の力は、とても強い。

「今、ピアスからいろんな事を教わってる。僕も王杖を探すよ。姉さんがギャレットを探し出したように。僕の思う正しい王の道を、一緒に歩いてくれる人を探し出してみせる」

「……ええ」

「僕の体と精神は僕を信じてくれる家臣のため、西部地域の民《たみ》のため、イルバスのためにある。姉さんと僕は違う人間で、それぞれ違った方向を目指して歩き、それでも同じベルトラムだ」

体を離してサミュエルは、ばつが悪そうに目をそらす。

「そのことが、ようやくわかった」

「わかればいいのよ、サミュエル。あなたはもう一人で立てる。そして一人で立とうとするあなたを、あまたの人間が救うでしょう。どうか私より幸せに、親愛なる王子殿下」

ベアトリスは弟の額《ひたい》にキスをした。

彼が立ち上がると同時に、扉が二度、ゆっくりとノックされた。

「トリス。支度は終わったか」

「お兄さま……」

「夫に愛想がつきたらいつでも言え。俺の力でお前の結婚は、はじめから無効だったことにしてやろう。何度だって花嫁衣装は用意させる」

「結婚式の日にまで、意地悪を言わないでちょうだい」

ベアトリスはふいと顎《あご》をそらす。

「俺から離れるからには、ベルトラムの大きな力になれ。お前を手放せば、守ってやることができなくなる。だがもうその必要はないんだろう？　女王陛下」

「……ええ。ギャレットと、赤の陣営と、私は自分のベルトラムを作る」

「俺たちは兄妹だ。大地が揺らぎ、歴史が絆《きずな》を引き裂いても、その事実は変わらない。ギャレット・パルヴィアなど所詮《しょせん》は他人だ」

「また意地悪なの、お兄さま――」

「他人だからこそ、お前はすべてをさらけ出せたのだろう」

共同統治を担《にな》う者同士であるかぎり。己《おのれ》のすべては互いに見せられない。

アルバートにも、サミュエルにも。

弱みを見せれば、相手の嵐に自分の身を捧《ささ》げてしまうから。

互いに呑まれてはならない。この嵐は、ベルトラムの外へ向けて、常に荒々しく勢力を保つこと。それが、本当の共同統治である。

「俺たちは互いに味方であり、時として敵にならなくてはならない。この家に生まれたかぎりは」

アルバートは上着のポケットから、小箱をひとつ取り出した。

そこにおさまっていたのは、古めかしい造りのペンダントである。

「本当は、未来の妻にやろうと思っていたのだが。これはお前が持つべきだろう」

「これって……」

「お祖母様の形見だ。その昔ニカヤの王妃から贈られたという首飾り。ニカヤ女伯となるのだ、これくらい持っておけ。夫よりは良い箔《はく》になるだろうよ」

サミュエルがベールを持ち上げ、アルバートが彼女の細い首にペンダントをかける。

ベアトリスは指先で、そっとペンダントに触れる。左右の鎖骨《さこつ》の中央に、大ぶりの宝石飾りがおさまった。それは不思議と花嫁衣装とよく調和した。

アルバートは不遜《ふそん》に笑う。

「これは花婿《はなむこ》がかすむな」

「お兄さま。本当にいいの、この品……」

「姉さま、もらっておきなよ。ニカヤで身につけてこそ意味がある品だ」

「そういうことだ。そろそろ時間だな」

アルバートは、ベアトリスの手を取った。

幼い頃はこの手に導かれた。行ったことのない場所も、怖い教師たちも、この手にすがっていれば平気だった。いつからだろう、素直に甘えられなくなったのは。

「……大好きよ、お兄さま」

「知っている。さあ、立てトリス」

彼のエスコートで、花婿のもとへ向かう。

ベアトリスは緊張した面《おも》持ちになった。

「よく似合っている。世界一美しい花嫁。誰よりもお前を理解し、命あるかぎりお前の好敵手であり続ける。我が妹ベアトリス、お前の門出《かどで》を祝おう」

サミュエルは姉のベールの裾を持ち上げた。

「行こう、兄さま」

「ああ……みなが待ちかねている。女王の登場をな」

兄に手を取られ、弟に付き添われる。ふたりのベルトラムに挟まれた、中間子であったこと。ベアトリスはこの日、それを深く感謝した。

ベールごしに、ベアトリスの愛《いと》しい人を見つめる。

生まれ変わったような、すがすがしい気持ちだ。

「女王陛下」

ギャレットが、はっとしたように目を見張る。

彼の胸には、目の覚めるような紅薔薇が。

あの日、ベンジャミンに託したギャレットへの伝言。結婚式のさいに彼が胸に挿す薔薇の話――。ベアトリスは、廃墟の塔の執務室の花瓶の中に、後生大事にしていた廃墟の鍵を隠した。

あれを手放し廃墟の塔を出ることは、ベアトリスにとって思い切った選択だったが、迷いはなかった。

ギャレットなら必ず見つけられる。そして正しい使い方をしてくれる。その確信があった。彼はベアトリスが選んだ王杖なのだから。

「見違えるように、おきれいです」

ほうけていた彼が、ようやくの思いでしぼり出した言葉だった。

「ありがとう。あなたも世界一すてきな男よ、ギャレット」

すらりとした体軀を正装で包むギャレットは、リルベクで共に雪まみれになって駆け回った頃が嘘のようだった。もう昔みたいに、借り物の衣装を着せられているような、おさまりの悪さはない。

端整な顔立ちに、深い青の双眸《そうぼう》。ほんのりと翳《かげ》りが差すような暗さが、むしょうに惹《ひ》きつけられる。

アルバートはギャレットをひとにらみする。

「それでは。しばらく大事な妹を預けよう」

「国王陛下。ベアトリス陛下を、けして孤独にはしません」

「当たり前のことで、えらそうな口を叩《たた》くな」

ベアトリスはギャレットのもとへと渡された。

「義兄《にい》さん。いつまでそう呼べるのか、楽しみにしてるよ」

サミュエルも負けじと捨て台詞《ぜりふ》を吐く。

ベアトリスはため息をついた。

「ふたりとも変わったと思ったのに、相変わらずあなたのことは気に入らないみたいね」

「構いません。王杖としてはおふたりに認めていただいています。それに、あなたに好かれてさえいれば、構いませんから」

アルバートとサミュエルがそれぞれの席に着くのを見届けて、ギャレットはそう言った。

「言うようになったじゃない」

「色々あったもので」

国王と王子にも、まったく物怖《ものお》じしていない。

ニカヤでの経験は、ギャレットを大きく成長させたらしい。

「ギャレット。争うためでなく、己を奮《ふる》い立たせるために。心を廃墟にするためでなく、恐ろしい未来を打ち砕くために。私と共に、歩めるわね?」

神の前で愛を誓う前に、もう一度たずねたかった。

あの廃墟の鍵は、ベアトリスを強くもし、同時に弱くもした。

兄にも弟にも存在を明かせない、祖父がそう遺言した地下武器庫。

(……それが原因で、私はいつか血を分けた兄弟と対峙《たいじ》しなければと、思っていた)

カスティアからニカヤを救うために使った、あの武器の数々。今はほとんどはニカヤにうつされ、地下空間はただの空洞。ベアトリスの願いもあって、あの場所は食糧保管庫や避難所として生まれ変わる予定だ。

今ならわかる。祖父はベアトリスの可能性を信じていたからこそ、あの鍵を託してくれたのだと。

情勢の安定しないニカヤを次の廃墟にするかどうかは、ふたりの努力にかかっている。

「あなたと共に歩む。今更な質問です、女王陛下」

ギャレットは、ベアトリスを見つめた。

澄んだ冬の泉のような、さえざえとした美しい瞳。

彼はベアトリスの王杖。彼女の影となり羽ばたく黒鳥。そしてイルバス女王の王配となる。

共に誓いをすませ、ベアトリスは顔を上げた。

彼と共に、灰色の大海原でも、雨のようにふりそそぐ困難でも、どんなことでも乗り越えてゆく。

ギャレットは彼女のベールをまくり上げた。

「新しい赤の陣営の門出に。俺があなたを、光り輝く未来へお連れします」

ギャレットは顔をかたむける。清廉《せいれん》な口づけだった。

雲が晴れ、ステンドグラスからまぶしいほどの光が差し込む。

割れんばかりの拍手と共に、一組の夫婦が誕生した。

「ようやく夫が持てたわ、ギャレット」

ベアトリスは少女のようにあどけない笑みをこぼした。

「実はかなり、待ちくたびれていたのよ」

「俺もです。……ベアトリス」

それは新鮮な響きだった。ほんのりの赤みがさしたギャレットの頬に優しく触れ、ベアトリスは愉快そうに笑った。

兄と弟を惹きつける中間子、嵐のように邁進《まいしん》する鮮烈な赤の女王。

ベアトリス・ベルトラム・イルバスの歴史は、今始まったばかりである。

※この作品はフィクションです。実在の人物・団体・事件などにはいっさい関係ありません。

集英社オレンジ文庫をお買い上げいただき、ありがとうございます。
ご意見・ご感想をお待ちしております。

●あて先
〒101-8050　東京都千代田区一ツ橋2-5-10
集英社オレンジ文庫編集部 気付
仲村つばき先生

ベアトリス、お前は廃墟の鍵を持つ王女

集英社 オレンジ文庫

2020年8月25日　第1刷発行

著　者　仲村つばき
発行者　北畠輝幸
発行所　株式会社集英社
〒101-8050東京都千代田区一ツ橋2-5-10
電話【編集部】03-3230-6352
【読者係】03-3230-6080
【販売部】03-3230-6393（書店専用）
印刷所　株式会社美松堂／中央精版印刷株式会社

※定価はカバーに表示してあります

ISBN 978-4-08-680340-3 C0193